Tiara Label

ティアラ文庫

皇子様の花嫁狩り

柚原テイル

presented by Tail Yuzuhara

JN267167

プランタン出版

目次

※本作品の内容はすべてフィクションです。

【プロローグ】追いつめられた花嫁候補

野獣に捕《つか》まった。囚《とら》われてしまった。

木を背にした彼の左右の腕の檻《おり》からは、逃げ出せそうにない。

腕で囲われているからだけではない、彼のドクドクと熱を持った肉杭《にくくい》がエリヴィラの身体を貫《つらぬ》いているから。

「花嫁を捕まえた」

甘く低い雄の声は、身体の芯から響いてくるみたいだった。

「つう……ああぁ……」

まくり上げられたドレスから出た脚が、森からの風を受けてスースーする。

そのもう少し上、秘部はぴったりと合わさり、恥ずかしい水音までたてていた。

「ここか？　きつくて腰ごともっていかれそうだ」

言いながら、彼が腰の角度を深くする。ぐりっと雄々しい感覚が押しこまれ甘い嬌声《きようせい》が零《こぼ》れてしまう。

「んっ、あっ……ふあ……っ、ああ……ダメ……奥……んんっ」

――――私、なんでこんなことに……。

考えようとしても、思考がまとまらない。

どこで逃げるのに失敗したのか、考えようとすればするほど、快楽にかき乱されてしまうから。

皇太子から逃げようとした。

でも、捕まりたいと心のどこかで思ってしまっていた。

そんな半端な気持ちがこの結果を招いたのか、望んでしまってこうなったのか。

彼の熱杭が少し引かれて、すぐにぐちゅっと奥まで入ってくる。

「あっ、あああっ……！」

そのまま、何度も動かされて、エリヴィラは朦朧《もうろう》と恍惚《こうこつ》に支配されて、何を呻《うめ》いても甘い声にしかならない。

「狩りの獲物《えもの》はもっといたぶったほうがいいのか？　こんな風に？」

「ふあぅ……あっ、んん……っ」

硬く熱い肉茎がやや浅くなり、エリヴィラの柔襞《やわひだ》の入り口を混ぜるように動く。

甘美な眩暈《めまい》がした。

ずっと揺さぶられていたいと身体が感じてしまう。

――気持ちいい……こんな……どうして……。

足の裏がひくひくした。

誰も来ないとはいえ、外で……こんなに脚を広げているのに、羞恥《しゅうち》はどこかへ行ってしまったみたいだ。

「おっと、少し解れてきたか？　奥がひくついているぞ」

「ああっ！　んっ、んんんんっ！」

ずんっと、今度は奥へ……肉棒が媚肉《びにく》を割り入ってくる。

一瞬息ができなくなり、それから自分の声じゃないみたいな嬌声が出た。

愛液が滴《したた》り柔らかくなった秘所は、彼をすっかり受け入れてしまっている。

「心も、俺のものになれ……っ、極上の快楽を与えてやる」

「わ、私は……あっ、ううっ……ダメ………あっ……」

彼はエリヴィラの抵抗すら楽しむように支配欲を漂《ただよ》わせ、上半身を触れ合わせてきた。

下肢をつなげたまま、肩と肩が触れ、胸と胸が触れる。

そのまま、当然のようにキスをされて、頭の中が真っ白になっていく。

抗えない快感がエリヴィラを襲《おそ》った。

──嘘、気持ちいい……ダメなのに……。

いけないと思うことすら、淫靡《いんび》なスパイスになってしまう。

もう、彼のことしか考えられない────。

「花嫁は、お前一人だ……」

彼がエリヴィラの下唇を舐めて、舌を口内へと進めてくる。そのまま、舌を搦《から》め捕られるキスになっていき……。

────どうしよう。

どうしよう……。

「う……あっ……ん……っ、ふ………」

達してしまった戦慄《わなな》きの中で、エリヴィラは彼との出会いを思い出していた。

【第一章】執務室で皇子様と

そこはグレガスタン帝国の城にある執務室の一つ。

長机にも大理石の床にも書類が溢《あふ》れていたが、それは怠慢《たいまん》を示すものではなく、部屋は多忙とやる気に満ちていた。

長椅子《ながいす》は山のように書類が積み重なり、座る場所どころか肘掛けも片方しか見えていなかった。けれど、床に落ちないぎりぎりの量を保っている――見る者が見れば優先すべき書類はきちんと分けられているとすぐにわかる。

エリヴィラ・オルディーは早くそれを手に取ってじっくりと読みたい衝動《しょうどう》に駆られつつ、執務室の長机の下に隠れていた。

――早く、いなくなって……。

貝桃色《シエルピンク》の裾の膨らんだドレスは、派手なほうではない。胸元と裾にあるクリーム色のレースも、主張しすぎず溶け込むように穏《おだ》やかである。

このドレスはエリヴィラの属する隣国オルディー王国の夜会ならば主役級のものだが、ここグレガスタン帝国では姫のお下がりを身に着けた使用人にも見えることだろう。

知恵《ちえ》を働かせたのが、銀のショール。

表は光沢《こうたく》と刺繍《ししゅう》が美しく、模様《もよう》の中に宝石も縫《ぬ》い留めてあるが、裏返すと灰薔薇色《オールドローズ》に早変わりする。

これを纏《まと》えば、高貴な方から一歩下がって従う、付き人にしか見えない。

もちろん、今のエリヴィラは裏返しに纏っていた。そのせいで宝石を落としたり、刺繍を引っかけたりすることは避けられるが、扱いは丁寧《ていねい》にしなければと心掛けている。

夜に大きな催《もよお》しを控えているだろう城は、三階にある執務室まで上がってきても、ざわつきがわかった。

微かに聞こえてくるのは、城門につめかけた来客への対応に追われる使用人の叫び……というのは少し大げさだけれど、実際に慌ただしくぴりぴりと張りつめた空気が城内に漂っていた。

忙しさと緊張《きんちょう》の極地に至った使用人、招待客への不手際があってはならないと苛立つ帝国の重鎮《じゅうちん》――――今夜の催しはよほど重要なことらしい。

先ほどから、使用人が出入りしているこの執務室は、聞こえてくる会話によれば、今夜の催しで開放するか否かで侍女と家令《かれい》が押し問答をしていた。

二人がいなくなってくれれば、エリヴィラは長机の下から出ることができる。

「使えるお部屋は多いほうがいいとお聞きしたので、掃除をしようかと……」

若い侍女が言い訳のように口にすると、対峙している歳を重ねた家令が呆れ声を出す。

「今からですか？　しかもここを？　無理に決まっているでしょう。確かにくつろげるお部屋は、子供部屋といえども城をあげて用意して開放するよう言いました。賓客《ひんきゃく》の数に対して、まったく部屋数が足りていませんからね」

「ですから、私は――――」

「でも、ここはいけません。このわたくしでさえ、この部屋の書類に手出しすることは禁止されているのですよ。それをお客様に開放など、できるわけがないでしょう」

「……すみません」

きつい口調で家令に責められると、侍女の落ち込んだ声が聞こえてくる。

――――そう、無理に決まっているから。だから、さっさと諦めて出て行って。

少し侍女が可哀想だけれど、心の中でエリヴィラも家令を応援した。

どうやって忍び込もうと思っていたところで、タイミングよく侍女が部屋の扉を開けてくれたまではよかったのだけれど、その後すぐに入ってきた家令と口論が始まったのには困った。隠れているこっちの身にもなって欲しい。

自分のことを棚に上げているのはわかっていたけれど、エリヴィラにはそんな些細《ささい》なことを気にしている余裕はなかった。

グレガスタン帝国に来てから、やっと摑《つか》んだチャンスだから。

今夜は来賓の数、特に女性の数が多く、使用人たちはその対応で大忙し。

一人ぐらい城の中で迷子になったとしても気づかれない、という情報を苦労して摑み、エリヴィラは侵入したのだから。

――これで小麦の書類がこの部屋になかったら……侍女と家令のちょっとした確執ネタを摑んだだけで、とんだ無駄足になってしまうわ。

思わず、机の下で悪い予感を覚えたエリヴィラは頭を左右に振った。

――ううん、考えないようにしないと。私の嫌な想像って、いつも本当になるって、お父様やお兄様によくからかわれているし。

ここでいう父や兄というのは、隣国オルディー王国の王と王子のことだ。

エリヴィラは、スパイや商会のまわし者といったたぐいではない。

正真正銘《しょうしんしょうめい》、隣国オルディー王国の第一王女だった。国を治める父王と王妃、他には兄王子が一人しかいない、北西の小国。

その王女がなぜ隣国に令嬢の格好をして忍び込んでいるのかというと……オルディー王国が今、危機に陥《おちい》っていたからだった。

理由は様々なことが関係はしているけれど、一番の原因はグレガスタン帝国からの小麦の輸入を制限されてしまったこと。

たかが小麦と侮《あなど》るなかれ。

柔らかくて甘い白パンを食べるには、小麦が必要になる。それがないとなると、ライ麦で作った硬くて味気ない黒パンをほおばるしかない。

黒パンには黒パンのよさもある。でも一度知ってしまった白パンの柔らかさは忘れられず……。

国に住む人々のやる気は下がり、生産性はだだ落ち。

もちろん、オルディー王国でも小麦は作っていたけれど微々たる量だった。友好国だと思っていたグレガスタン帝国に頼りきっていて、国内の小麦相場は急高騰《こうとう》。

王族であるエリヴィラさえ、気軽に口にできないほど高価なものとなってしまった。

そして、その他の食料品の価格も、引きずられるようにして高くなっている。

――――白パンがないってだけなのに。

だからといって、王女自ら帝国に乗り込んで小麦を奪いにきたわけではない。

もちろん最初は、なぜ小麦の供給がストップしたのか、あらゆる外交経路を使ってグレガスタン帝国に確認したのに、返答はなしのつぶて。

結局、何の回答も得られなかった。

グレガスタン帝国にとって、オルディー王国は友好国などではなく、小さく貧しい無視できる隣国でしかなかったのだ。

そのように、エリヴィラは結論づけた。

しかし、理解できず、納得できず、彼女は皇帝に直談判《じかだんぱん》してくると事態を黙って見ている王に言い放ったのだけれど、なぜか父は反対も賛成もせず、〝自分の目で確かめ、見てきなさい〟とだけ言って、密かに帝国へ渡る手配までしてくれた。

エリヴィラに、父王の真意はわからない。

ただ、帝国が母国を弱小国と判断したわけではなく、そこに何か裏があるのだという直感はあった。

だから、どうせ無駄になるだろう皇帝への直談判を後回しにし、まずは小麦の輸出を止めた原因を突き止めようと、こうしてエリヴィラは机の下にひそんでいた。

「執務室へは他のメイドも近づけさせないように。早く持ち場に戻り、そのことを皆へ正確に伝えなさい」

「はい……」

家令が命令し、侍女と二人の足音が遠くなる。

続けて、カチャッと外から鍵のかかる音がして、部屋の中にはやっと彼女の望んでいた静寂が訪れた。

「ふぅ……」

エリヴィラは用心深く辺りを警戒《けいかい》してから長机の下から這い出し、ドレスの裾を払う。どこも汚していないことに安堵《あんど》しつつ、さっそく書類に手を伸ばす。

亜麻《あま》色の緩く波打つ髪をそっと指で押さえ直してから、紫の瞳を輝かせる。

無人でほっとしたせいと、先ほどまでじっと隠れていたせいで、独り言が口から零れた。

「ええと……宝石の書類——ああ、強気の仕入れ。関税もたっぷりでこんなの利益が……ええっ……！　売りさばいている、すごい……さすが、グレガスタン帝国。商圏が広いのはうらやましい」

何の気なしに手にした書類に仰天《ぎょうてん》し、指が興奮で震える。

国交を無視するグレガスタン帝国に、エリヴィラは怒りを覚えてはいたが、その交易資料には興味を惹かれた。

辺境で領土も小さいオルディー王国が生き抜くには、商才が必要だった。それは王族も例外ではなく、多額のお金を動かす重大な決断を迫られることが多い。

そんな国柄で育った環境もあって、エリヴィラは交易が大好きだった。

運んで栄《さか》えて、儲《もう》けて、潤《うるお》う。

交易のよさは儲けを生み出すことだけではない。余っているところから買い取り、足りないところへ分配する。

買う側も、売る側も、もちろん運ぶ側も、みんなが幸せになれる魔法のようなもの。

けれど、売る数を偏《かたよ》らせたり、買いたたいたりすれば、その本質を歪《ゆが》めることもできる。

今のグレガスタン帝国のように。

オルディー王国は、決してそのような悪い交易をしてこなかった。

〝幸せを運べない者は、決して得しない。今より先を読め〟

相手を見下して暴利を貪ることは、回り回って自分の損になる。もっと先を見て商売をしろという意味で、オルディー王国なら子供でも知っている言葉。

それを初めて聞いた時、エリヴィラの胸はドキドキした。

吟遊詩人《ぎんゆうしじん》から冒険譚《ぼうけんたん》を聞いた時みたいに。

交易に魅《み》せられたエリヴィラは〝好きこそ物の上手なれ〟という言葉通り、ぐんぐん商才を磨《みが》いて、成人した前年にはとっくに兄王子を飛び越えていて、王女だというのに父王の片腕にまでなっていた。

自分の店も持っているし、毎日のようにお忍びで市場に顔も出している。

だから、この執務室にある書類にエリヴィラは興奮《こうふん》を抑えきれなかった。

様々な品物、規模《きぼ》が違う取扱量、品質の保証と管理、帝国キャラバンの持つ独自の流通網、海洋交易、さらには王国や貴族の御用達を与えることでの付加価値化。

八歳の頃から商売を始めたエリヴィラにとって、帝国の帳簿《ちょうぼ》はぱらぱらと眺めただけで、学ぶことが山ほどあった。

「……こんな商売の仕方があるんだ」

帝国の交易書類から読み取った内容に、エリヴィラは思わず唸《うな》った。

グレガスタン帝国は野蛮な成り上がりの国だと、ここ最近の仕打ちからか母や周りの者に聞かされていた。けれど、この書類には間違いなく〝知恵〟が詰まっている。

野蛮ではなく、革新的なやり方――そう頭に浮かんだけれど、エリヴィラは慌てて自分の考えをかき消した。

少なくともオルディー王国に対する嫌がらせは、知恵ではなく、悪意でしかない。

今のところは――でも……この書類には、ただ圧倒されるばかりだ。

「すごい……これを考えた人、商売の天才」

肝心の小麦の書類を探しながらも、ついつい目移りが止まらない。

「おい、そんなに褒めても何も出ないぞ?」

「お世辞じゃありません。本当に感動して――って、えっ……?」

――わ、私……今、誰としゃべったの?

エリヴィラが身体を硬直させ青くなるのと、長椅子の書類がザーッと音をたてて落ちるのは同時だった。

長椅子で書類をブランケット代わりにして横になっていたのだろうか、金髪を乱した男がむくりと起き上がる。

「ひっ……わ、私は……怪しい者ではなくて、迷い込んでしまって………」

何度も練習してきた言い訳をエリヴィラは口にしようとしたけれど、あまりにいきなりのことで上手くしゃべれない。

「迷い込んだにしては、ずいぶん堂々と、それに目を輝かせて書類を見ていたな」

──この人、いつからいたの？　もしかしてずっと眠っていた？　使用人がくる前からあの長椅子で？

呆気にとられ、混乱していたエリヴィラはハッとして、扉のほうに後ずさった。

この男は、部屋の主かもしれない。

自分が今、非常にまずい状況だということに気づいた。

──やっぱり、私の悪い予感って当たる？　しかも小麦関連の書類が見つからないより、もっと悪いことになってるし。

「偶然……目に留まってしまって……そういった書類は珍しくて……そろそろおいとましますわ、迷い込んだだけですから。うっかりと、ほんとうに」

「待て」

愛想笑いを浮かべながらエリヴィラは逃げようとしたけれど、見逃してくれるわけもなく、男の手に搦め捕られてしまった。

手首をしっかり摑まれ、振り払えそうにない。

「離してください。声を上げますよ！」

グレガスタン帝国は野蛮人の国だというのが頭に浮かぶ。

男がもし見逃してくれなければ、何か自分にしようとしたならば、大声を上げてその隙に逃げるつもりだ。

でも、虚をつかれたのはエリヴィラのほうだった。

「それは残念だ。せっかくここに俺が先日の降臨祭《こうりんさい》をまとめた報告書があるんだがな。お前のような理解のある奴に自慢したかったのに残念だ」

「え……ほんとですか？」

空いていたほうの手で、男が積まれた山の中から書類を一冊取り出し、これ見よがしにパンパンと叩く。

普通の王女なら、まかり間違っても気に留めないことだろうけれど——エリヴィラには効果抜群《ばつぐん》だった。

「読ませてください！」

逸らしていた目を男へ向けてしまった。降臨祭といえば、グレガスタン帝国の一番大きな祭りで、どんな品物が並んでいたのかだけでも知りたい。

興味のない人からすれば単なる契約書の束だけれど、エリヴィラからしたら、商売のヒントが詰まった国家の秘密、宝の山だ。

「本当に変わった侵入者だな。特別に許す」

「ありがとうございます」

エリヴィラはぺこっと軽く頭を下げると男から書類を奪い、取り返されないように抱えながらさっそく目を通し始める。

一枚目には、おそらくこの男のだろう名前がサインされていた。

――デュオン？　どこかで聞いたような……。

記憶をたぐり寄せたけれど、思い出せない。そんなことより二枚目からに書かれていることが気になっていたエリヴィラは書類をめくった。

――今ここに、帝国最大のお祭りの裏側が。

興奮しながら読んでいると、そんな姿のどこが楽しいのか、男が笑いながら声をかけてきた。

「今日の出席者か？　それにしては、ドレスが地味だな。だが、今日の舞踏会に入ってこられたということは、相当羽振りのいい……大商人の家の者か？　名前は？」

「エリヴィラです。そんなことより……！」

適当に頷きながら、今忙しいのだから話しかけないでと言う代わりに早口で制する。

自分が前もって用意したはずの偽名でなく、本名を言ってしまったことに気づいても後の祭りだった。

「何か見つけたか？」

「……こ、ここ、収支が合いません」

「まさか、金額の合わないようなミスを俺が……ん？　ちょっと貸せ」

無理矢理さっき見つけた計算ミスにつなげたのだけれど、上手く注意を逸らせる。

「ちっ……また、ルイスの背後にいる商人の店か。あの小悪党、コソコソと毎回誤魔化《ごまか》す。どうせ、あいつが貢いでるんだろうから問い詰められないが」

男がなにやら愚痴《ぐち》って名前を口にしていたけれど、エリヴィラにはわからない。どうやら、国の有力者のパトロン商人が好き勝手やってるようだ。

その手のことは、絶対に許されないけれどオルディー王国でも多々あった。特権があると、どうしてもそれを利用して儲けようとする欲のある人が現れるのは仕方のないことだ。

「いや、俺に対する罠かもな。一応探りを入れておくか……」

独りごちると、エリヴィラへ書類の束を戻してくる。

「ありがとうございます」

満面の笑みでそれを受け取ると、先ほど読んだ続きから再開した。

中身は本当に帝国最大の祭りに関するありとあらゆることが、正確にまとめられ、問題点とその対処法まで書かれている。

　エリヴィラは、これほど完璧で客観的な報告書を見たことがない。

　野蛮だという帝国の人々の印象を忘れて、というよりもこれを書いた彼個人に尊敬の念さえ抱いた。

「…………」

　――すごい人……には見えないけど、ううん……見えてきた？

　書類を眺めている姿勢で、目だけ動かして彼のことを見る。

　真っ赤な薔薇《ばら》のような緋色の瞳は、宝石のように野心という光を蓄《たくわ》え輝いているようで、ある種の才能と自信を持つ生命力に溢れていた。

　首まである金色《こんじき》の髪も、寝ていたからぼさぼさのはずなのに夕日に輝く稲穂《いなほ》のように美しくて、櫛で少し梳けば、サラサラになるだろう。

　――若そうに見えるけど、帝国内でやり手の重鎮なのかも。

　帝国は年齢や家柄より、その人の持つ能力を重視すると聞いたことがある。

「どうした？　何か質問があるなら、答えてやらなくはないぞ」

　いつの間に使用人が持ってきたのか、男が部屋の隅に置かれたポットから紅茶を注ぎ、エリヴィラの側に置く。彼自身はワインをグラスに注いだ。

「いいのですか？　こんな重要なものを読ませてもらった上に、質問まで」

遠慮しながらも、エリヴィラは瞳を輝かせる。

数字を見ただけではわからないことが沢山あったので、書いた人に聞ければどれだけ幸せだろうと思っていた。

「そこまで読んでおいて機密も何もないだろう。内容は祭りに関するものだ。知られようが、真似されようが痛くもかゆくもない」

大国の余裕がこんなところでエリヴィラへ優位に動いてくれた。

どうやら、この人は自分を迷い込んだ令嬢だとは信じていないようだけれど、衛兵に突き出すつもりもないみたいだ。

グレガスタンのことを、帝国の中枢《ちゅうすう》にいる人から聞けるなんて、こんな機会は二度とないかもしれない。

あわよくば、小麦のことも……。

目まぐるしく考えながら、エリヴィラは浮かんだ質問候補を絞っていく。

「どこを探しても、この書類の中には祭りの屋台に関する税に当たるものが見当たらないのですが……」

恐る恐る聞いてみると、男は目を見張る。

「よいところに目をつけるな。書かれているものを見つけるより、書かれていないものを見つけるほうが難しい」

頷くと、生き生きとした瞳で男が説明を始めた。

「これは俺が新しく導入しようと考えている制度なんだが、普通は城門を品が通ったところで荷物の数と種類に応じて税をかけるだろう?」

「ええ、それが一番効率がいいので。というよりそれ以外だと、祭りの時のように商いする者に対して一律で取ることしかできません」

「しかし、不公平感は必ず出る。実務的にも、心情的にも」

「……現実的な手段の中で一番公平だと思いますけど」

「ああ。お前の言葉は正しい。いい言い回しだ」

だからこそ、大陸の国々はグレガスタン帝国もオルディー王国も含め、通行税という門での徴収と、人頭税などの一律的な徴収を採用している。

税についても、王族であるエリヴィラは詳しく学んでいた。

国の大きな収入源である税制度に必要なのは、誰にも等しく適用される厳格《げんかく》性と、徴収に手間をかけないこと。

税に抜け道があってはいけないし、徴収に多く費用がかかるのではせっかく集めた税が減ってしまう。あまりに手間がかかるなら、国庫を寄付だけでまかなったほうがまだ全員が幸せになれる。

——まさか儲けから割合で取るなんて言い出さないわよね。

だが、エリヴィラの予想を遥かに超える、というよりも根本的に違う方向の考えを彼は口にした。

「だったら、税なんて取らなければいい」

「えっ!?　でも、そんなことしたら……」

——国にお金が入らなくなる。

人の行き来がなくなった国が恐ろしい速度で衰退していくのは、通行税が入らなくなって、国庫が枯渇《こかつ》するからだ。

「どうやって国を潤わせるのですか？」

「……潤う、か。お前の言葉の選択は実に綺麗で、的確だな」

その質問を待っていたかのように、男はにんまりと微笑んだ。

「何もしない。ただ、商人たちや物が通り過ぎるのを見ている」

「……？」

見ているだけでお金を稼げるわけがない。

しかし、彼の考えていた国を富ます政策は実に奇抜《きばつ》で、広くて、先をも見渡す視点からのものだった。

「試しに降臨祭の間だけ、通行税を取らなかった。するとどうなる？」

説明するだけでなく、試すように質問を織り交ぜてくる。エリヴィラは、段々と彼と会話するのが楽しくなっていた。

　腕を組んで顔を下に向けると、考え込む。

「そうですね……城下に商人たちが押し寄せることになると思います。祭りはいつもより人で溢れて、宿や食事が足りなくなりそう。たぶん飛ぶように物が売り買いされますね。いくら持ち込んでもタダなわけですから」

「正解。いい想像力と回転の速さだ。治安は悪くなるかもしれないが、通行税の確認をする兵をそっちに回せばいい。だから元と比べて損はしない」

　考えてみると、税が取れないという点に目を瞑ればいいことだらけだ。

　そもそも人が集まるところに商売のチャンスはあるわけだから、さらに人が集まってきて好循環の繰り返し。いいこと尽くめと言える。

　城下街では物がよく売れるのだから、土地に住む商売人は特に儲けが大きくて……。

「……あっ、もしかして国直営の商会や宿屋⁉」

「よくこれだけのヒントで答えにたどり着いたな、たいしたものだ」

　感心したような顔で男がエリヴィラを見る。

「城下は、王族や国とつながりの深い店や商店ばかりだ。それらが儲かれば、あとは強欲な奴らからの寄付という名の徴収で十分に国は潤う。人が人を呼び、城下は栄え続け。言うことないだろう」

「ええ……」

男の言葉に、エリヴィラは舌を巻いた。

グレガスタン帝国ぐらい大きいからできることではあるけれど、通行税を取らないことで商人たちの流れを強力に引き寄せることができる。

賑わいはお金を回し、お金が回ることで国が富むのは統治《とうち》において、基本中の基本。

商人たちも得をするし、住む者も最初は抵抗を覚えるかもしれないけれど、色々と恩恵《おんけい》を受けるはずだ。

理論上は――――。

「でも、そんなことが本当に上手くいくのでしょうか？」

通行税を取らないというのはあまりに常識外の方法で、成功する確信が持てない。

理論上は正しくても、対外的な要素で――――たとえば戦争が起きて、人の流れがまた変わってしまい、失敗する可能性だってある。

実行するには大きな決断力が必要になるだろう。

「お前と同じように大臣たちには反対されたよ。だからこそ、試しの場を用意した。結果、どうだったと思う？」

彼の口から聞かなくともエリヴィラにはわかっていた。

その結果をまとめた書類を見たところなのだから。

「例年の通行税を上回る儲けが国に入った。これを通年化すればもっと効果は大きいだろう。これを持って行っても、臆病者の大臣たちは、なかなか首を縦に振らないんだがな」

「そうでしょうね。もう二、三年祭りの際に続けてみてから考える、というのが妥協点だと思います」

王族という立場から、古くからしていることを大きく変える際に重鎮たちを説得する難しさは、エリヴィラも身に染みてわかっていた。

絶対に大丈夫だと自分が思ったことでも、なかなか人は動かない。自分の商会との柔軟性や速度の違いに愕然《がくぜん》とすることがある。

「……今まで何度か経験してきたような口調だな。国がらみのトラブルでも経験したことがあるのか？」

「え、ええ……父が」

「迷惑をかけたな。どうやら偉くなると頭が固くなるらしい」

エリヴィラを、グレガスタン帝国の商家の令嬢だと、男は思い込んでいる様子だ。父というのがオルディー王国の王だと今教えて、トラブルを起こしたくないので、エリヴィラは笑顔で受け流した。

「では、偉くならないようにしないといけませんね」

「それは簡単だ。晩餐《ばんさん》会だろうが、舞踏会だろうが、こうして部屋に閉じこもって寝ていればいい。だから俺はここにいた」

「ふふっ」

用意してもらった紅茶を口に運んで、微笑した。とても香りがいい。

それにしても、この男の人の考えは素晴らしい。視野が広く、常識に囚われない考え方、分析力。

――こんな人もいるんだ。

自分の周りの人は、どちらかというと変化を望まず、平穏を愛する人が多かった。

その点、この人は違う。

現状に満足せず、常に上を向いて歩いている人。

オルディー王国においては、エリヴィラも後者だった。この人ほどではないにしろ、国をよくするため、民を幸せにするため、行動してきた。

「エリヴィラ、どうだ？　俺の下で働いてみないか？　その才覚、一商家の女にしておくのはもったいない。破格の条件でお前を迎え入れてもいい」

――私も、この人と一緒に働いてみたい。もっと話したい、様々なことを。

たとえば、海洋貿易の危険性についてどう思うのか？

商人たちが最近始めた債務証書《さいむしょうしょ》や信用取引、投資について。

国を大きく富ませるべきか、小さく維持するべきか。

そういった事柄を語り合える相手が、オルディー王国に戻ったとしてもエリヴィラには父以外にいなかった。

兄は商いよりも貴族社会での生活を好む人だったし、重鎮たちは年老いて、これらの議題について、保守的だ。

――ううん、そんなことのために私は帝国に来たのではないわ。国のために小麦のことを調べないと。

エリヴィラにとって彼との会話はあまりに楽しい時間で、つい大きな目的を忘れていたことに気づいた。

話のきっかけは見せてもらった書類から摑んである。けれど、エリヴィラはそのことを切り出すのを躊躇《とまど》った。

話し相手として素晴らしい人とせっかく出会えたのに、その人を騙《だま》すようにして小麦のことを聞き出すのかと思うと、ズキリと胸が痛んだ。

「いえ、お誘いは嬉しいのですが。両親に承諾《しょうだく》を得るのは難しいと思いますのでお断りさせていただきます」

「残念だな……結婚前の女をおいそれと奉公《ほうこう》に出すわけにはいかないしな……ああ、だったらいっそのこと、嫁に来るか？　お前みたいなのがちょうど欲しかった」

「はっ？」

いきなりのことだったので、素《す》っ頓狂《とんきょう》な声を上げてしまう。

——この人が私の夫に？

一瞬、ありえないことを考えてしまって、エリヴィラは顔を真っ赤にした。

「いや、冗談だ。そんなに驚くな。逆にこっちがびっくりしたぞ」

オルディー王国の王女であるエリヴィラにとってもありえない。

自由な結婚も、話が合うような理想的な相手も。

「失礼しました……」

気まずい沈黙が二人の間に流れる。

エリヴィラは、妙に彼を意識してしまい自分の髪に触れた。

「お前を俺のもとに抱え込めないならば、せめて今夜の城の騒動が終わるまでここに籠《こ》もるのを付き合ってもらおうか。降臨祭の書類を見せる対価だ」

いつの間にか空になっていたエリヴィラのカップに彼がもう一度紅茶を注ぐと、長椅子の向かいにある高そうな天鵞絨《ベルベット》の張られた藍色の椅子を勧めてくる。

「それぐらいなら破格ですね」

「わからないものが見ても、真偽の疑わしい魔法書みたいなもんだからな」

「交易は魔法ですから」

微笑み返しながらも、自分が子供の頃から思っていたことを彼も思っているかもしれないと思い、エリヴィラは胸が高鳴った。

「他に降臨祭の書類を見て気になる点はあったか?」

ふざけ合う子供みたいに笑みを浮かべていた彼の顔が、急に真剣なものになる。交易で相手とのたわいもない会話から取引の話に切り替える時のような顔。

忍び込んでいることを気づかれないようにしていたので、それまできちんと目を合わせて彼の顔を見ていなかった。

希少石のような緋色の瞳に、夕暮れの稲穂のような髪。

鼻と眉は細く、全体的にキリっとした顔立ちをしているし、上品そうでありながら、意志の強そうな唇は血色よく笑みを浮かべていた。

加えて、その若さで国の財政を取り仕切り、新しい政策を打ち出す知恵と手腕。

今まで気づかなかったのが不思議なぐらい、異性として魅力に溢れていた。

――私、どうしてしまったのだろう。

彼の動作一つ一つが琴線《きんせん》に触れるみたいに、ドキドキした。

グラスの中のワインをゆっくりと転がす仕草も暗示みたいに思えてくる。

「……どうした? ずいぶんと上の空のようだが」

「な、なんでもありません。質問ですよね。あります、これなんですが……」

見惚れていた、なんて……。

エリヴィラは誤魔化そうとして、考えていたことを咄嗟《とっさ》に疑問点として挙げてしまった。降臨祭の書類の束をパラパラとめくる。

「小麦の仕入れ？　何かおかしな点でもあるのか？」

ワインを置いて立ち上がると、彼がエリヴィラの手元を覗き込む。また高鳴り始めた胸を必死に静めた。

「ずいぶんと仕入れ価格が安いように思いますが……」

――――よければ、小麦に関する資料を見せてもらえませんか？

そう言おうとして、エリヴィラの胸が今度はチクリと痛んだ。

誰であろうと目的のためには利用したって構わないという気持ちと、彼を騙したくないという気持ちが入り混じる。

「安いが……なんだ？」

「ええと……」

緋色の瞳が見下ろすようにして、椅子に座るエリヴィラを射貫《いぬ》く。

見られていると思うと居心地の悪さを感じて、エリヴィラは無意識に肩からずりおちかかっていた銀のショールを裏返して表向きに引き寄せていた。

縫い付けられた美しい宝石たちが蠟燭《ろうそく》の明かりを反射する。

少しはよく見られたい、という潜在的な気持ちの表れだったのかもしれない。けれど、それとは逆の結果にエリヴィラを導くことになってしまった。

「何だか、騒がしくありませんか？」

閉められた扉の向こうから、複数の人が誰かを呼ぶような声が聞こえてきた。

彼の視線を自分から逸らさせたかったのと、やはり彼を騙すようなことは後ろめたくて、別のことをエリヴィラは口にしていた。

「そうか？　俺には聞こえないが。今日は招待客が多いからな。中にはうるさい奴もいるだろう」

少しだけばつが悪そうに男が視線を扉に向ける。

すると、今度ははっきりと『皇子』と呼ぶ声が聞こえてきた。

「お前は気にせず、話の続きを――」

「皇子って呼んでいます、行方不明なのでしょうか？　私たちもお捜ししなくてよいのですか？　会場に皇子がいないなんて、みんな困って――」

とにかく、この場から一度逃れたくてエリヴィラはそんなことを言ったのだけれど、突如《とつじょ》、彼の視線に怒りが混じったのを感じて、言葉を失った。

――皇子に恨みでもあるの？

「お前も中身は他の女と変わらないか……その派手なショールみたいに裏返せば、醜《みにく》い本性がはっきりわかる……」

「え……？　ショール？」

ぼそりと呟いた彼の言葉が所々しかわからず、聞き取れた単語を繰り返す。

「俺よりも皇子がいいって言うのか？」

いきなり、彼が身体を倒し、座るエリヴィラに覆《おお》い被さってくる。

バンと椅子を叩く音がして、反射的に彼女は目を閉じた。

「どうしたのですか？　いきなり……！」

何もされていないのがわかり、ゆっくり目を開けると彼の顔がすぐ近くにあった。肘掛けに両手をつき、至近距離から見下ろしている。

エリヴィラは手にしていた書類ごと身体を抱きしめ、背にもたれて逃げようとした。

「聞いているのは俺だ。お前はこの俺と話すより、皇子を捜して舞踏会のパートナーになることを望んでいる。結局はそれが目的だ」

「何を言っているのですか？　舞踏会なんて……」

彼のいきなり言い出した言葉の意味がわからない。

でも、言葉のニュアンスから今夜の大きな催しは舞踏会だったことに気づく。

――この人が皇子に恨みがないなら……逆に忠臣で、皇子目当てに忠臣に取り入った参加者だと思われた？

考えなければと思うのに、射貫かれて動けず、頭の中は真っ白だった。

ただ、胸の鼓動《こどう》だけがドクンドクンと鳴っていて、静まることがない。

「誰に仕込まれた？　財務大臣か？　それとも他の大臣か？」

問い詰める彼の声に、エリヴィラは黙って首を振るのがやっとだった。

「皇子が目当てなら、すでに望み通りになっている。取り入るのには、たった今、大いに失敗したが。これで満足だろう！」

「……やっ！」

彼がさらに身体を倒し、エリヴィラに触れようとした。

強引にキスしようとしているのだとわかり、椅子の中で身体をよじって顔を背ける。

――どういうこと？　一体何が彼を怒らせたの？

「まだわからないのか？　それとも気づかないフリか？　だったら教えてやる」

心の中の疑問へ答えるかのように、彼が事実を口にする。

「俺がグレガスタン帝国皇太子、デュオンだ」

「貴方が……皇子……!?」

一瞬、その言葉が呑み込めず、遅れて意味を理解した。

――城の役人だとばかり思っていた。まさか皇子だなんて！

道理でデュオンという名前に聞き覚えがあったわけだった。まさか執務室で眠っていて、あれほど商売に詳しい人物が〝皇子〟だなんて、考えもしなかった。

「残念だったな。皇子を捜す声など放っておいて俺と話していれば、取り入る機会もあったかもしれないというのに。皇妃にだってなれたかもしれない」

彼は怒っていた。

エリヴィラのことを、皇子をつけ回し、取り入ろうとする令嬢と思っているのだろう。大きな誤解だった。

勘違いさせたのは、皇子を捜そうとしたのと……ショールを裏返したからだ。

「ご無礼をお許しください、皇子。けれど、本当に知らなかったのです」

「…………」

嘘を見抜こうとするかのように、彼の緋色の瞳が無言で光る。

「皇子に取り入ろうなどという考えは微塵《みじん》もありません。信じてください。交易と貴方が書いたものと考えに興味があるのも本当です」

自分の正体については偽っているとはいえ、他の点について嘘はついていない。それをデュオンにわかってもらおうとエリヴィラは必死で、じっと彼の瞳を見つめ返した。

「……本当か？」

しばらくして先に目を逸らしたのは、彼のほうだった。

「貴方の名前は降臨祭の書類の最初にありましたが、気づきませんでした。皇子の顔さえ知らない者が、どうして貴方の妻になろうと押しかけられましょうか？」

彼の誤解を解きたい。エリヴィラはその一心で、冷静になっていた。

「……そうか、勘違いをして――」

彼が和解の言葉を口にしようとしたところで、扉の鍵が外から開けられる音が聞こえてきた。

「兄上、やはりここにおりましたか。父上が怒り狂っておりま――お邪魔《じゃま》……でしたでしょうか？」

入ってきたのは、銀髪の高貴そうな男の人だった。

椅子の上でキスしたあとのような、そんな距離のエリヴィラとデュオンに気づき、アーモンド形の灰色の瞳を丸くする。

「ああ、ルイス。邪魔だ。お前は鍵を元通りにかけて舞踏会に戻れ」

「それは構いませんが……父上に僕はなんと言えばいいのですか？」

困ったような顔を一瞬してから、ルイスと呼ばれた男が尋ねる。

「いつも通り、部屋に籠もって出てこないと伝えればいいだろう？　舞踏会にも女にも興味を示さずに、金儲けの算段ばかりしていると」

「それでは、僕は父上に嘘を伝えることになります」

「どこがだ？」

エリヴィラのすぐ近くでデュオンが苛立った声を出す。

「女性には興味がおありのようなので……僕も今日初めて知りましたけれど、兄上のそのような一面を」

二人の視線がエリヴィラに集まる。

——えっ……私？

「……あっ！」

それまで息を殺して二人の会話を見守っていたのだけれど、弾けるように身体を起こすとデュオンから逃げ出し、出口へと向かった。

「し、失礼します。用事を思い出して、ごめんなさい！」

廊下から二人に向かって頭を下げると、足早にその場から離れる。

——彼が……帝国の皇子。

まさか城の中で出会い、話すことになるなんて思いもしなかった。

城の出口に向かって歩くエリヴィラの胸は、また高鳴りが止まらなくなっていた。

【第二章】閉じた城門と結婚のルール

デュオンは、エリヴィラが去ってからもずっと彼女のことを考え続けていた。

彼の執務室がある城の三階から廊下を建物の中央へ向かって歩くと、舞踏会場となっている大広間に続く巨大な階段ホールに出る。

そこにもすでに会場を自らの意思に拘らず訪れた者、または付き添いの者が大勢立っていて、ガヤガヤと雑談の声で溢れていた。

皇太子とその弟の登場に気づくと、人々は次々と道を譲る。

さらに会場に入ると、デュオンを逃がさないかのように重鎮たちがそそくさとすり寄ってきて、行く先を導いた。

弟皇子ルイスに連れられるまま、大広間の奥、一段高いところに設けられた壇上《だんじょう》——皇族の座るひときわ大きな椅子へデュオンは腰掛ける。

赤い天鵞絨《ベルベット》の椅子は、金の肘掛けで、先は丸みを帯びた獅子《しし》の細工《さいく》があり、瞳には二つのルビーがはめられていた。

使用人によって舞踏会に相応しい皇族の正装に整えられた身体は、柔らかな外套《マント》に包まれている。表は黒く、裏地には二色の毛皮――白に灰色の斑で裏打ちされ、王族としての気品と威厳を見る者に与える。

ここへ座る必要があるのは、式典の時だけだ。

座して参加さえすれば、もう言い訳をつくって逃げることはできない。

――皇太子として謁見《えっけん》の際。

――帝国の正当な政《まつりごと》の際。

この椅子に座っていることが、皇太子としての義務になる。

交易はそれに含まれない。城下にある商館を拠点にしていて、自由に動ける。

本来であれば、執務室に隠れて頃合いを計り、商館へ行こうとしていたのだがデュオンの気持ちは変わっていた。

――今日の取引の書類が気にはなる。が、もっと気になることがある。

「……あの女………」

さっき逃げ出した、貝桃色《シェルピンク》のドレス、好奇心の宿る紫の瞳、詰め寄った時の息をひそめた彼女の表情が頭から離れない。

彼女と舞踏会で再び会えるなら、城に留まることに大きな意味がある。

交易品ではなく女に興味を覚えるなんて、思ってもみなかった。

「兄上、何かおっしゃいましたか?」

「いや、独り言だ。気にするな」

隣で同じように豪奢《ごうしゃ》な椅子に座る弟のルイスが、話しかけてくる。面倒だという気持ちが声に乗ったが構わない。

ルイスが、むっとするのがわかる。

「僭越《せんえつ》ながら、僕が今宵《こよい》兄上と踊る姫君を記しておきました。花嫁に相応しい方が大勢いらしています。と、申しますか、他に相応しい姫がいないぐらい国中の貴族、近国の年頃の女性は全員お揃いで……これで決めなければ、帝国が傾きますよ」

ルイスから差し出された羊皮紙を、デュオンはぐしゃりと握りつぶす。

「何をするのですか、兄上!」

「必要ないから握りつぶしたまでだ」

「苦労して用意したのに。また逃げるおつもりで? 民に皇帝としての資質を疑われますよ」

「自分のほうが相応しいとでも言いたげだな」

「そのようなこと、滅相もありません。僕は兄上に敵《かな》いませんよ。すべてにおいて」

ちょっとした挑発をしてみたが、このぐらいで動揺するルイスではなかった。

だが、この男が裏で何か動いているのは摑んでいる。帝座、権力への執着心もデュオンにはわかっていた。

——いつか尻尾《しっぽ》を摑んでやるから覚悟しておけ。

「安心しろ。皇帝の座など欲しくもないが、お前に譲る気もない」

「でしたら、今日踊られる中から皇太子妃を、いえ、その候補で十分ですから、決めてはいかがですか？　決めてくださらないと、父上になぜか僕が愚痴を聞かさせることになる」

人なつっこい顔で微笑むルイスは、その野心を隠したまま。

交易取引での商売相手とは嘘のつき合い、騙し合いが日常茶飯事。

そんな場所に好んで身を置いているデュオンであっても、弟皇子を〝食えないヤツ〟だと思っていた。

「それがお前の役目だろう、ルイス」

「損な役回りですね」

飄々《ひょうひょう》とルイスが言い放つ。損だと思っているようには見えない。

「いや？　望んでその位置に立っているように見えるが」

「兄上は僕の何をそんなに疑っているのですか？」

——全部だよ。お前のその笑顔、言葉、仕草。

そう言ってやりたかったが、公式なこの舞踏会の場では相応しくない。

「安心しろ。お前が父の愚痴を聞くことはない。花嫁は、これから俺が自分で見つけるからな。他人に指図されるつもりはない」

「決めてくださるのでしたら、僕はこれ以上何も言いませんよ」

だったら、なぜ自分の用意した紙を握りつぶしたのかとだけ、ルイスの目が言っていた。

――どうせ、リストの女は全部お前の息がかかっているんだろう？　そんな簡単な罠に誰が引っかかるか。

冷静に。視野を広く。狭くする相手の言動・行為には注意を――それが、取引での鉄則だ。

――お前ももう少し外の世界を見てきたほうがいい。城と自分にへつらうだけの者に囲まれることなくな。そうすれば、権力以外に欲しいものが見つかるかもしれない。

「見て回ってくる」

今回の舞踏会を取り仕切る重臣を呼び、耳打ちして椅子から立ち上がる。

フロアへ下りると、巨大な天井のシャンデリアがデュオンの目に飛び込んできた。

金貨数百枚の価値がある特注のクリスタル製だ。大広間には八つもある。

壁にはずらりと金の燭台《しょくだい》が点《とも》され、熟練の技師でないと作り出せない人の背ほどもある大きな鏡が貼り付けられている。

他にも工芸品や絵画、宝飾品が帝国の威厳とばかりに並ぶ。

この部屋にある飾り全てを合わせれば、隣国オルディー王国ぐらいならば買えるだろう。

だが、その多額の金が今は帝国の権力を見せつけることにしか使われていない。

——飾りを最低限のものにして、浮いた分の金でどれだけ儲けることができるか。

船を買い、南国から香辛料を運べば、荷が金粒に化けるだろう。

デュオンは踊る女たちではなく、大広間の装飾を半ば呆れて眺めていると、ワッと控えめな歓声が重なり、さざ波のように広がっていく。

皇太子が誰と踊るのか、皆が注目しているのだろう。

五百の蠟燭に火が灯った塊《かたまり》が八つ、大広間を眩《まぶ》しいほどに輝かせていた。

その下で蝶のように狂い舞う色彩、千人入れる大広間には色とりどりのドレスに身を包んだ女たちが溢れかえっている。

期待に満ちた視線を受け流し、デュオンは歩き始めた。

〝グレガスタンの皇太子〟はいつまでたっても花嫁を決めない。

これまでにも、痺《しび》れを切らした重鎮や弟、皇帝までもが、あらゆる手段を用いて何人かの姫君と引き合わせてきた。

しかし、花嫁候補全員を集めた舞踏会はやりすぎだ。

ルイスが言っていたように、これで決めなければ帝国が傾くというのは間違いではない。

権力者の貴族令嬢も多く訪れていて、皇子が参加して誰にも決めない肩すかしがあれば、さらに露骨《ろこつ》な手段を取ろうと動く者も現れるだろう。

たとえば、デュオンを廃嫡《はいちゃく》し、ルイスを皇太子にたてるだとか。

無用な混乱を招かないために、皇族として、さっさと適当な妻を見つくろうしかないとわかってはいたが……女に手を伸ばす気にはならなかった。

デュオンをそうさせるのは、自分の商売への影響だ。

どの国の姫と結婚しても、貴族令嬢と結婚しても、口を出されるに決まっている。

――今のグレガスタン帝国の商圏は安定している、これからやりたいこともある。

デュオンは、自らの婚姻でそれらを乱されるのが嫌だった。

さらには、結婚相手に芋の蔓《つる》のようにくっついてくる親族から交易に意見されることも便宜を求められることも面倒だ。

妻になる花嫁にしても、無知は百歩譲って害がないのでよしとしても、半端に交易にかかわろうとされると困る。今は花嫁など必要ない。

交易には愛と興味と好奇心が必要だとデュオンは考えていた。

ついでに愛嬌と幸せへの執着。

口に出すと嘲笑《ちょうしょう》を買いそうなので誰にも話したことはないが、常々思っている。

理想の相棒すら見つからないのに、理想の妻など……。

――だが……。

さっき話したエリヴィラなら……と、思う。

自分の話を理解する知識があり、共に考える賢さがあり、人生を楽しめるユーモアも併せ持っている。

何より、その凜々《りり》しい紫の瞳を見つめていると、身体の奥が焦《じ》れて仕方がなかった。

彼女のような女には今まで誰一人として出会ったことはない。

一度、その華奢《きゃしゃ》な身体を抱き寄せ、魅力的な唇に口づけしてやりたい。

――今日が舞踏会だったのは幸いだなど、社交嫌いなこの俺が思うとはな。

波打つ亜麻色の髪を捜す。髪型を変えていても、瞳の色でわかるはずだ。

貝桃色《シエルピンク》のドレスに銀のショールは、華やかすぎるこの場所で逆に目立つかもしれない。

――どこにいる？　エリヴィラ。

自ら話しかけてくる姫も令嬢も当然のように皆無だ。

国をあげた舞踏会で、皇族に対して重大なマナー違反を犯す者はいない。

彼女たちを売り込もうとしてくる父親や付き人には、最低限の挨拶をしてかわしながら、デュオンはたった一人求める女を捜し歩いていた。

「皇太子様。我が娘なら、こちらですぞ」

目の前にグレガスタン帝国とは意匠の異なった、金のローブを纏った男が出てきて道を塞ぐ。南のリティナ王国の王だ。デュオンは足を止めないわけにはいかなかった。

「リティナ王、遠いところからご足労を」

「娘のためと思えば、そのようなこと……イーネス、挨拶しなさい」

リティナ王が促す先には、すまし顔をした王女イーネスが立っていた。

「こんばんは……デュオン様」

皇太子妃候補として、未来の皇妃として最も相応しいと、帝国の大多数の重臣が彼女を推している。

「……ゆっくり楽しんでいってくれ、イーネス姫」

形式的に挨拶をかわし、これ以上リティナ王の売り込みに巻き込まれないように、早足でその場を離れる。舞踏会の参加者たちをかき分け、エリヴィラを捜す。

――ここにも……いないか。どこにいる?

令嬢がひときわ集まっている一角を見つけたが、その中に彼女の姿はなかった。そもそも他の令嬢と群れるようなタイプではない。

「あら～、デュオンさま」

何かしら理由をつけてフロアから出ようと考えていたところ、後ろから女の声が聞こえてくる。先ほどの群れる令嬢たちの中心人物――貴族の娘ジュゼアーナだ。

「もしかして、あたしをお捜しで?」

「残念ながら違うな、ジュゼアーナ」

彼女は身分こそグレガスタン帝国における貴族の中で一番下ではあるが、皇族にも負けないほど金持ちの姫だ。皇太子妃候補の一人である。

挨拶だけかわし、さっさと離れようと思ったのだけれど、ジュゼアーナが他の令嬢たちにも詳しいことを思い出し、足を止めた。

「お前の友人とやらに、亜麻色の髪に紫の瞳を持つ女はいるか？」

ジュゼアーナが眉を吊り上げるのにも構わず、デュオンは彼女から目を逸らし、背後の令嬢集団へ目を細めて尋ねた。

「残念ながら、そのような女に心当たりはありませんわ。ただ、その方よりもっと魅力的な令嬢でしたら、一人心当たりが。友人がデビュタントですのよ。クロエさま、早くこちらへ――」

舞踏会デビューと言われ、応じないわけにいかない。

「はい、ジュゼアーナさま！　お、おまちください。今参ります……から」

ジュゼアーナにクロエと呼ばれた、背の低い女が一人、令嬢の集まりから飛び出してくる……と、思ったら盛大によろけ、何とか堪えるようにして、デュオンの前に立つ。

「こ、ここ……こんばんは、ご機嫌よう……皇太子さま。クロエ・グラフと申します」

グラフという家名、そして帝国内では珍しい彼女の黒髪には思い当たる節がある。

――――大臣の親戚の血筋か。新しい皇太子妃候補だろうな。

「デビュタント、おめでとう。ドレスがよく似合っている」

本来であれば一曲踊るところであったが、デュオンは彼女の手を取ることをしなかった。

「あら、せっかく紹介してさしあげたのに、踊りませんの？」

「遠慮しておこう。さっきも言ったが、俺が今したいのは貝桃色《シェルピンク》の柔らかなドレスを抱きしめ、銀のショールを剝がすことだ。そんな娘を知らないか？」

ジュゼアーナへ、再度強く問いかける。

「誓ってそのような娘は知りませんわ。陛下にご招待された全ての令嬢があたしのところへ挨拶に来たけど、そのような古くさい格好の娘なんていませんでしたわ」

鋭い目つきでジュゼアーナを睨んだが、答えが変わることはなかった。クロエと後ろの女たちも、デュオンが視線を送るとうんうんと頷く。

嘘でないとすると、舞踏会は欠席した？　俺を怒らせたと思ったから……か。

あの時、妙な勘違いをして彼女に冷たい態度を取らなければ……。

いや、もう会えないなら、無理矢理にでも唇だけでいいから奪っておくべきだった。

――――今日は後悔ばかりだな。俺らしくもない。

交易の取引は、どんなに失敗しようが後悔しない。必ず次の糧にする――――それが、デュオンの中のルールだった。

これほど強く、何度も悔いることは、おそらく自分の人生で二度とないだろう。

失意を抱き、デュオンはジュゼアーナたちに背を向けた。

「デュオンさま、どちらへ?」

ジュゼアーナが、怒りに震える声で尋ねる。

「商館に行く」

一日、数千人が出入りするこの帝都の中から、名前だけで一人の娘を見つけることは至難の業だ。

自分の中の冷静な部分が言っていた、諦めろと。

名前も偽名かもしれない。時間が経てば、経つほどに彼女が城下から出て行ってしまう可能性が高くなる。

もう一度彼女に出会うのは難しいと告げてくる計算高い自分の頭が、今日ばかりは恨めしかった。

――だが、捜さずにいられるか。諦められるか。

デュオンは自分の商館に行くフリをして、夜中駆けずり回ってでも、エリヴィラを捜すつもりだ。

「舞踏会はどうなさるおつもりで?」

「勝手にやってくれ。俺はそんな気分じゃない」

これ以上話している時間も惜しくなり、出口に向かう。

「わ、わたし、皇太子さまに何か失礼を……？」

「違うわ。安心なさい。どうせ、いつもの気まぐれよ。あたしたちの落とさなきゃいけない相手は、ああいう方なの」

ジュゼアーナがクロエにどころか、近くにいる者へ聞こえるように躊躇《ちゅうちょ》なく口を開く。

「……落とすって……そんな、わたしは……」

心配するクロエと、呆れたようなジュゼアーナを置いて、一人で大広間を出る。その寸前、デュオンはいきなり腕を摑まれた。

「兄上、お待ちください！」

ルイスだった。デュオンが出て行こうとするのを見て、壇上から慌てて走ってきたのだろう。息を弾ませ、銀色の髪が揺れる。

「ご自分で、花嫁を捜されるという話はどうしたのですか？　約束が違います」

「………………」

黙らせるつもりでにらみ付けたが、ルイスは引く様子がなかった。

「気が変わった」

「もうそれが許される状況では残念ながらありませんよ、兄上」

「なら、花嫁など勝手に決めてくれ」

「皇太子として、そんなことが許されるとお思いですか？」

ルイスの声がデュオンを糾弾《きゅうだん》する強いものに変わる。

有力者の集まるこの場で、これ以上口論を続けるのはまずい。

頭ではわかっていたけれど、見つからないエリヴィラのことで苛ついており、デュオンはルイスの手を払ってしまった。

「うるさい！　勝手にしろと言っている！　俺は大切な用がある」

「兄上、この件は問題にさせていただきますよ」

「…………」

ルイスの声を受けながら、今度こそ舞踏会から去ろうとする。けれど結局、城を抜け出し、彼女を捜すことは叶わなかった。

「デュオンを捕らえよ」

地を伝うような低い声が辺りに響く。誰も逆らえない強制力を持ったその言葉につき動かされ、すぐさま衛兵は皇太子のデュオンを捕らえた。

事態を見守っていた人混みがさっと左右に分かれ、中心から声の主が近づいてくる。

「これ以上の勝手は許さぬぞ、愚息《ぐそく》よ」

デュオンとルイスの父、グレガスタン帝国の皇帝セレドニオその人だった。大広間の裏から舞踏会場に入ってきたところに、兄弟の言い争いを聞いたのだろう。

皺《しわ》が深く刻まれた顔は表情が読み取れないけれど、怒っているのには違いなかった。

「父上、申し訳ありません。僕が兄上を止められなかったばかりに。でも、許してください。兄上は皇太子としての重圧に――――」

「黙れ、ルイス」

「し、失礼しました、父上」

ここぞとばかりにしゃべり出したルイスを、皇帝は一言で黙らせた。

「デュオンをここへ」

左右の腕を衛兵に掴まれたデュオンは、咎人《とがびと》のように皇帝の前へ膝をつかされた。

「なぜ、花嫁を決めぬ？」

「相手がいないからです」

その場にいる者は、ルイスでさえ息をするのも恐れ、皇帝の様子を窺《うかが》っていた。だが、デュオンは平然と恐れることなく、答えた。

――皇帝を怖がる必要がどこにある。

所詮は、権力という形ないものが作り上げた不安定なもの。

予測もつかず、船を丸ごと呑み込む嵐や、畑を全滅させる病や干ばつのような自然のほうがよっぽど怖い。

強がりではなく、皇太子という身分があるからでもなく、そうデュオンは思っていた。

「デュオンよ、皇族の婚姻はお前の望む、望まないにかかわらず進むもの。妥協せよ。私情を挟むものではない」

「ふふっ……」

皇帝の言葉を聞いて、デュオンがふっと笑う。

「何がおかしい？」

「未来の皇妃、未来の皇帝を産む者を、妥協で選べと父、いや皇帝はおっしゃられるのですか？」

強い眼光でデュオンは見つめ返す。そして、頭を垂れた。

「お願いします、父上。もうしばらく時間をください。見つけたのです、帝国にとっても、自分にとっても明るい未来を照らすことのできる者を」

沈黙が辺りを支配する。

しばらくして、皇帝が口を開いた。

「皇族の血は、呪いだ。望む者と結ばれ、幸せになることなど決してない。幻想の女を求めてもしかたあるまい、息子よ」

「……！」

皇帝の言葉で、エリヴィラが本当は自分が作り出した幻想かもしれないと、デュオンは一瞬でも思ってしまい逡巡した。

けれど、決意は変わらない。

「お願いします、父上。もう一月ほどでいいのです」

「許さん！　交易を許したばかり、話術が達者になりおって！　これ以上、お前の我儘《わがまま》を許すわけにはいかん！」

デュオンに怒鳴りつけると、皇帝は壇上に戻っていく。

その隙に城を逃げ出そうとデュオンは考えていたが、聞こえてきた耳を疑う父の言葉に動くことができなかった。

「今より、帝国全土に勅命《ちょくめい》を下す」

皇帝は壇上に仁王立ちしたまま、齢《よわい》六十近いとは思えない大声を広間に響かせた。

勅命とは唯一皇帝だけが発することのできる、最上級の命令だ。

誰であろうと逆らうことは許されず、例外も認めない。ひとたびその命令に反すれば、極刑となる。

「これより、この帝都を出入りすること、何人《なんぴと》たりとも許さん」

――――なんだと？

デュオンは思わず絶句した。

出入りを禁じるということは、物・人の流れを完全に断《た》つことになる。そんなことになれば、大混乱は避けられない。

特に交易には大打撃だった。

指示や状況を伝えることは可能かもしれないが、物が入っても出てもいけないということは、今ここに滞在するキャラバンは完全に浮いてしまう。

すでに買っていた物は、城下で売るしかない。

この瞬間から価格は大暴落し、さらに続けば、物が不足して高騰することだろう。

――商館に戻ってすぐに対策と指示を……いや、父に問うのが先だ。

やらなければいけないことを頭の中で弾きつつも、皆が突然の勅命に固まっている中をかき分け、デュオンは皇帝のいる壇上の下に向かった。

「父上！　それはいつまでのことです？　長引けば、帝国を傾けさせることになります」

皆がデュオンの声にハッとして、皇帝を見る。

勅命を撤回《てっかい》するのは難しい。簡単に取り消せば、皇帝の威厳に傷がつくからだ。逆に言えば、それほどの覚悟を持って宣言したと思っていい。

「長くなるかはお前次第だ」

「どういうことですか、父上？」

あえて、皇帝とは言わずに父と問う。少しでも譲歩を引き出すため。

「封鎖の期限は、お前が花嫁を決めるまでだからだ、デュオン」

一斉にざわめきが広まっていく。

この場でデュオンがすぐに妻を決めさえすれば、勅命は何の影響も及ぼさない。だが、決めなければ、じわじわと首を絞められることになる。

一日での損害は安く見積もっても金貨千枚。七日も続けばデュオンは破産だ。

「いつまでも伴侶《はんりょ》を決めず、交易にばかりかまけているお前に効く薬はこれぐらいしか思いつかん」

「くっ……」

――――やられた。

この時ばかりは、反論する言葉を思いつけなかった。

あまりに馬鹿げたことに勅命を使って帝国全土を巻き込んだことを追及しても、多くの者は皇帝を擁護《ようご》するだろう。

デュオンが妻を指名すれば、即座に解決する話なのだから。

真実の愛などと言って皆の心情に訴えることも可能だが……効果は薄いだろう。

皆が他人事では済まない状況なのだから、決断しないのならば、もっと明確な理由が必要になってくる。

どう見ても馬鹿げた勅命だが、批判の矢面に立つのは皇帝ではなく、デュオンのほうだ。

「これは……脅《おど》しですか？」

「脅しなどではない。簡単なことではないか、花嫁を決めるだけだ。皇太子の責務を忘れるな」

険しい表情で睨むデュオンに答えると、皇帝は重鎮たちを引き連れて裏へと下がってしまった。大広間が騒がしくなる。

「兄上、今回ばかりは覚悟を決めるべきですね。では」

ほくそ笑みながらルイスが皇帝の後を追っていく。

立ち尽くすデュオンのところに、今度はジュゼアーナたちがやってきた。

「デュオンさま〜、パパッとあたしに決めちゃえば？」

「馬鹿を言うな。そんな適当に決められるものか」

――――だったら、とうに決めている。

「あたしは構わないわよ。気の迷いでも、デュオンの妻になれるならー」

どこまで本気かわからない口調で、ジュゼアーナが付け足す。

「皇太子さま……おかわいそうです……」

励ますつもりなのだろうか、ジュゼアーナの背中に隠れていたクロエが下を向きながら呟く。

「これでしばらくは帝国に滞在しなくてはなりませんわ。お父様には大変ですが、わたくしにとっては、嬉しいことです。改めて……よろしくお願いいたします、デュオン様」

今度はリティナ王国のイーネス姫がやってきて、恭《うやうや》しく挨拶していく。

彼女たちは国賓なので、封鎖を解かれるまでこの城に部屋が用意されるだろう。

――ん？　待て……滞在しなくてはならない……イーネスにとってはいい……？

イーネスの言葉に、デュオンはこれが窮地《きゅうち》ではないことに気づいた。

〝苦境にこそ、儲ける手がかりがある〟という商人たちの言葉通りだ。

――俺にとってもいいことだ。エリヴィラも帝国から出られない。

――見つけ出せるかもしれない！

「どうなさいました……デュオン様？」

険しい顔をしていたデュオンが、その時急に笑みを浮かべたことに、イーネスだけが気づき、首を傾げる。

そして、勅命により大勢の兵士が叩き起こされ、ここに完全なる封鎖が完成した。

※　　※　　※

まだ日の光が青白い早朝、宿屋の二階から下りてきたエリヴィラは、カウンターに立つ女主人のフリッカに声をかけた。

朝が早いせいで、一階の食堂には彼女以外誰もいない。

「おはよう、フリッカ。早いのね、何か手伝うことあるかしら?」

「滅相もございません!　姫様……いえ、エリヴィラ、もう少し眠っていてもいいのに、早起きさんね」

姫様と言いかけて慌てて、くだけた口調に言い直す女主人はフリッカという名で、オルディー王国出身だ。

父王の紹介で、エリヴィラはここに身を寄せ、情報を集めている。

彼女はグレガスタン帝国商人の元妻で、夫の亡き後、オルディー王国からの商人や旅人が集まる食堂兼宿屋を経営している。

すらりと背の高い、一見して気が強そうな女性だけれど、とてもさっぱりしていて話しやすい。

だから、自然と情報も集まるし、方々から信頼もされているようだった。

城へ忍び込む方法も、危ないことや悪いことをしないという誓いの下にフリッカが教えてくれたことだ。

もちろん、彼女には迷惑をかけないように、捕まっても宿の名前を出さないようにするつもりだし、詳しい事情も話してはいなかった。

そんなエリヴィラに、フリッカは何も聞かずによくしてくれている。

「どこかへお出かけなの？」

朝食のスープをかき混ぜながら、フリッカが尋ねる。

「朝のうちに、市場を見て回りたくて…………午後にはこの国を出ます。これ以上は、お父様に心配をかけてしまいますので」

――執務室でのことがあとで騒ぎになっているかもしれない。

早々にフリッカの宿屋を引き払ったほうが、迷惑をかけないためにはいいと思った。

でも、せっかくの大陸一の市場を見ずに帰るのは躊躇われた。

市場を回るのは、エリヴィラの好きなことの一つだった。

何も買わなくても、様々な物を沢山見られるし、新たな交易の手がかりになるものが転がっているかもしれない。

ショールを裏返し灰薔薇色《オールドローズ》にして、エリヴィラは身に纏った。

市場に出かけるため、もう少し地味な服を借りるお願いをしに下りてきたのだ。

「残念だわ、城下は正午からの大市と夜市が盛り上がるのに。でも、朝市のほうが危険は少なくていいかもしれませんね」

――本当は正午からの大市も、もちろん夜市も見て回りたかったけれど……。

そんな言葉をエリヴィラは呑み込んだ。

遊びに来ているわけではない。エリヴィラの態度からそれをくみ取ったのか、フリッカが明るい声を出した。

「お勧めの店がのっている地図を用意してありますよ。回る順番も、名物品も書いておきました。短い時間でしたら尚更、厳選して楽しまなくては」

「ありがとう、フリッカ！」

フリッカが手にした地図を覗き込んだところで、宿屋の入り口の扉が開け放たれた。

「大変だっ！　城門が……！」

飛び込んできたのは、宿屋へ乳製品を卸している年配の商人で、ここへ滞在してから、会えば挨拶する程度の顔見知りだ。

反射的に身構えたエリヴィラは肩の力を抜く。

「……城門が、どうしたのですか？」

焦った男の様子からただならぬものを感じ取って、エリヴィラは話しかけた。

「朝になっても城門が開かないもんでな……外で何かあったんじゃないかってみんなして噂してたんだよ。そしたら、そしたらよ」

「ちょっと落ち着いて」

フリッカがコップに水をついで男に手渡す。

城下と外の街道を隔てる大きな正面の門は、外敵や獣から身を守るため夜中になると閉じられ、朝になるとまた開くことになっている。

それが開かない、ということは帝国を揺るがす一大事だ。

「なぜ門が開かないのですか？」

男が水を飲み干すのを待って、エリヴィラが尋ねる。

「皇太子の花嫁が決まるまで誰も出さないとの、皇帝の勅命だ」

「ええっ!?　どうしてそんなことに？」

勅命だなんて。しかもあの皇太子が原因で。

「そこまでは知らない。ただ、これでここから出られなくなっちまった。どうやって仕入れればいいってんだよ」

頭を抱える男の肩に、フリッカが優しく手を置く。

「フリッカ、ちょっと外の様子を見てくるわ」

「ええ、お願いできる？」

エリヴィラは男の話を信じられずに、宿屋を飛び出す。

早朝にもかかわらず城門前の広場は人で溢れかえり、すでに大騒ぎになっていた。

門の前には兵がずらりと並び、先ほどエリヴィラが宿屋で聞いたのと同じ内容を連呼している。

加えて、〝損害の出るものは皇太子の商館へ行くように、よいように取り計らってくださる〟とも聞こえてきた。

それでも不満はなくならず、兵と数人の商人らしき者たちが言い争いをしている。

当然のことだ。街道を封鎖されたら、商人にとっては死活問題。物を運べないと利益は出せないし、積み荷が劣化するものなら尚更困る。

そして、門の前で困り果てているのは商人だけでなく、異国の旅人もだ。

「私も……帰れない……」

――どうしよう。

エリヴィラは、茫然《ぼうぜん》と立ち尽くすしかできなかった。

※　※　※

グレガスタン帝国の帝都は、城下街ごと周囲を高い城壁で囲まれ、城の北側以外は門を通らずに外へ出ることはできない。

しかも、その皇帝の居城の背後は深い森と険しい山に囲まれていて、天然の要塞と呼べるものになっていた。

また、前方の備えとして城は高く建てられ、城下街の建物は低く制限されている。城のバルコニーからは城下とその先の街道が一望でき、もし攻め込まれても状況を正確に把握することができるようになっていた。

城の最上階、皇帝が重要な問題を重鎮たちと論議する〝鷹《たか》の間〟は今、城門前と同じく一触即発の空気となっていて――。

中央に置かれた大理石の円卓に座るのは、皇帝、弟皇子ルイス、重鎮たち――実質的に帝国の舵取りをしてきた者たちだ。

「皇太子、やはりイーネス姫を妻とすべきです。リティナ王国との関係を強めることで、さらに帝国は繁栄をするでしょう。彼女は申し分のない相手だ」

「友好国との婚姻は、確かに同盟を強める友好な手段です。だが、力のある今の帝国にそんな必要はない。必要なのは国内の安定！　帝国屈指の富豪の娘ジュゼアーナ嬢を妻に迎えることで、帝国の基礎を盤石《ばんじゃく》とすることこそ今すべきこと」

「それを言うならば、大臣の娘クロエを妻にしたほうが我らの結束が強まるのでは？」

「結束が強まるのはそちらだけでしょう。私たちの知らないところで、どのような手を結んだものかわかったもんじゃない」

「そうですな。おおよそ、あの初々しい娘ならば、皇妃となったあとで簡単に操りやすいとでも思っているのでは？」

「なんだとっ！　私は真に帝国のためになることを思って！」

議題はもちろん、誰をデュオンの妻とするか。

主に意見は三分していた。

イーネスを推す外務大臣派と、ジュゼアーナを推す財務大臣派、そして、クロエを推す王族派。

それぞれ利権や思惑《おもわく》があるので、意見はまとまりそうにない。

――よく人の花嫁でそれだけ盛り上がれるものだ。

当の本人、デュオンは冷めた目をしてそれを聞いていた。

そして、視線は別のところを向いている。

――見つからない。すでに街を出ていたのか?

〝鷹の間〟の窓は開け放たれ、その先のバルコニーにデュオンは宮廷の全てを司る宮内大臣を側に控えさせ、立っていた。

高い場所にあるので強い風が舞い、彼の金色の髪をなびかせる。

手にはしっかりと単眼の望遠鏡を持っていた。

――もっと無駄な話を続けろ。

心の中で重鎮たちに命じる。

自分の花嫁を決める会議が長引くのはデュオンにとって、望ましいことだ。

彼は諦めていなかった、エリヴィラを見つけることを。

それどころか、この状況を利用しようとさえ思っていた。

――そうだ。金ならまた稼げばいい。一文無しに戻ったって構わない。だが、彼女は二度と手に入らないかもしれない。

誰も帝都からは出られない。

それは城下にまだいるかもしれないエリヴィラも同じだ。

これは最後の賭けだった。

エリヴィラを見つければ、デュオンの勝ち。

帝国の混乱が本格化して、我慢できなくなった者たちに花嫁を決められてしまえば負け。

だが、無茶な賭けほど勝つ自信がデュオンにはあった。

それが、皇帝となるために生まれてきた者の定めだからだ。強運と、それをつかみ取る知恵と直感が自分の血には流れている。

「見つけたっ！」

デュオンは、視界の中に今日だけでも数百回と思い浮かべた亜麻色の美しい髪を捉え、小さく声を発した。単眼の望遠鏡はしっかりと彼女を捉えている。

あのショールとドレス、エリヴィラに間違いない。

――くくっ、賭けはやはり俺の勝ちのようだな。

予想通り、朝、城下が閉鎖されたことを知って彼女が城門の前で立ちすくんでいる。思わず、デュオンの口元がニヤけた。

会議を刺激しないよう、手の合図《あいず》だけで宮内大臣を呼ぶ。

望遠鏡の位置をなるべくそのままにして、大臣にレンズを覗かせた。

「見えるか？　亜麻色の髪、紫の瞳、貝桃色《シエルピンク》のドレス、銀の……いや、灰薔薇色《オールドローズ》のショールだ」

「はい、見えます。はっきりと。この望遠鏡とやらはすごいものですな」

帝国の職人に特注で造らせた大きな望遠鏡は、重く大きいのが欠点ではあるが、城のバルコニーから城下の門まではっきりと様子を見て取れる。

「あの横顔は……覚えがございます。オルディー王国の王女エリヴィラ様、と記憶しております。この帝国にいらっしゃったのは幼い頃でしたが、その面影がよく残っておいでございます。幼い頃からとても美しく、聡明な方に見受けられました」

宮内大臣は、晩餐会、舞踏会といった城内で行われるあらゆる行事を管理・監督する役職だ。城に出入りする者ならば正体がわかるかもしれないと思い、控えさせていたのだが、その判断は正解だった。

あれほど知りたがっていた彼女の素性が、わかった……。

「……オルディー王国」

もちろん、デュオンもその国の名前は知っていた。

隣接する小さな王国オルディー。

領土が狭く、軍事力も弱いながら、かつては大陸の盟主と言われるほど、周辺国との信頼関係を築き、パイプ役をしていた国だ。

外交力はさることながら、物資に乏しい環境で国を富ませた政策力、主に交易の力はまだ小さい一国家であったグレガスタンも手本にしたほどだという。

だが、ここ十年ほど前から失速し、その力は失われつつある。

交易に深くかかわるデュオンは、現在のオルディー王国は物の価格が高騰し、危険な状態にあることも知っていた。

理由までは調べさせていないが、何かしらの原因から発した国に対する不信感だろう。不安は不安を呼び、実際には虚偽《きょぎ》であっても、それを事実にねじ曲げてしまう力がある。なぜ、没落しかかっている隣国の王女が、自分の執務室にいたのかは気になるが……。

ともかく――――。

彼女の身分が王女だとわかったことは、デュオンにとっていい材料だった。

それまで、彼の最大の懸念は、エリヴィラが勉強好きのただの令嬢であった場合だけだからだ。

ただの令嬢との結婚を父や重鎮たちに認めさせるのは、かなり骨が折れることだろう。だが、小さな国でも身分が王女であれば、障害はほぼないに等しい。

あとはこの場にいる奴らにちょっとした根回しをしてやり、彼女をこれからずっと自分の腕の中にいるよう口説けばいい。

――――エリヴィラ……俺に偽名を使ったわけではなかったのだな。

デュオンは喜びを抑えきれなかった。

このバルコニーから身を投げ、彼女のもとにいち早く駆け寄って二度と逃げてしまわないように首輪でもかけてしまいたい。

こんなにも強く、心がふつふつと沸騰《ふっとう》するような感情は初めてだ。

だが、悪くはない。

「陛下、どうなされるかご判断を」

中立的な立場にいる臣下の一人が、お手上げとばかりに皇帝へ助けを求めている。

それまで目を閉じ、じっと話を聞いていた皇帝セレドニオはバルコニーまで聞こえるように声を張り上げた。

「デュオン、余がここまでしてもまだお前は決断せぬ気か？　今申せば、お前の指名した者を妻とすることを許そう。だが、そうでなければ、お前を廃嫡する」

「父上、それは幾らなんでも横暴では……」

隣に座るルイスが父を宥める。だが、逆効果だった。

「いや、もう余は我慢ならん。さあ、決めろ」

――そこまで言うなら、自分で決めて、押しつければいいだろうに。

　自分のことを棚に上げて、デュオンはそんな風に考えると、城下のほうを向いていた身体を翻《ひるがえ》し、重鎮たちに対面した。

「覚悟でしたら、今まさに決まったところです、父上」

「おぉ、では誰を……」

　デュオンの言葉に、重鎮たちから安堵の声が上がる。

「せっかく父上に考えていただいたグレガスタン帝国封鎖という歴史に残る大業。俺の一言で終わらせてしまうには惜しいと思います」

「なんだと！　なんたる言い草だ！」

　怒りに震える皇帝が視界に入るが、デュオンは話を止めない。

「未来の皇帝の妻に相応しいのが誰かは俺にもわかりかねます」

「この期に及んでまだ言うか！　恥を知れ！」

「最後まで聞いてください、父上！」

　声を張り上げる皇帝へ、さらに強い口調でデュオンが続ける。

「ですから、城下を封鎖している間に花嫁たちを競わせ、最終的にこの場、バルコニーで俺とキスをした者を皇太子妃にする、というのはいかがでしょう」

　全てを話し終えると、重鎮たちだけでなく、怒っていた皇帝でさえもデュオンの提案に驚かされ、言葉を失った。

「今の混乱を、祭りに代えてしまわれようという意味ですか。さすが皇太子様、我々では考えつかないような妙案です」

イーネス派の外務大臣が、真っ先にデュオンの提案に賛同する。花嫁同士で競い合うとなれば、負けるつもりはないのだろう。

「そうですな、封鎖中の損害は馬鹿になりませんし。今からでも、祭りだったと民が知れば混乱は収まり、城下も盛り上がって逆に国庫は潤うでしょう。さすが皇太子様」

続いて、ジュゼアーナ派の財務大臣も額の汗を拭きながら賛成する。競い合うのであれば、自分の推す姫を皇太子妃にできると踏んでのことだろう。

残る重鎮たちも、思惑は様々ながら口々に賛成の意を示した。そうなっては、王族派と皇帝も認めないわけにはいかない。

「わかった。あとは好きにしろ！」

自分の失策とも言える勅命を祭りに代えられ、しかも臣下たちに賛同されてしまっては立つ瀬もなく、皇帝は怒って部屋を出て行く。

それを待って、デュオンはもう一つ付け加えた。

「では好きにさせていただきます。皇太子妃に候補を一人加えさせてもらう。今、城下に俺の妻に相応しい者がもう一人いる」

事の収束を得て、ほっとしていた重鎮たちの隙をついてやる。

「オルディー王国の王女エリヴィラだ」

「そんな小国の王女が城下に？　私は聞いておりませんぞ。皇太子、本当のことでしょうな？」

外務大臣が眉間に皺を寄せて、声を上げる。

「今から迎えに行ってくる。皆はここでしばらく待っていろ」

宮内大臣に証明させてもいいが、それよりは実際に連れてきたほうがいい。

何よりデュオンが、エリヴィラに一刻も早く会いたい。

重鎮たちの反応も見ずに、彼は部屋を飛び出した。


城を出ると愛馬に跨《また》がり、城門に向かう。

――早く、もっと早くだ！

もちろん、デュオンの中で未来の妻は一人、エリヴィラだけと決めていた。

選ぶような形にしたのは、皇帝とその臣下たちがオルディー王国王女との結婚を認めざるを得ない状況を作り出すためだ。

花嫁を選ぶための祭りとなり、民にまで皇太子妃決定の条件が知れ渡れば、撤回することは誰でもあってもできない。

バルコニーで、キスさえしてしまえばこちらのものだ。

もちろん、邪魔をしてくる者はいるだろうが、知恵比べで負ける気はしなかった。

残るはエリヴィラの心一つ。

お互い惹かれ合っていたのは、出会った時からわかっていたから、そちらは今から全力で口説けばいい。

彼女の国にとっても、この結婚は望ましいものだから、あちらのことはまず気にしなくていいと言える。

「エリヴィラ……！」

「え……!?」

馬から下りるのも惜しくて、デュオンは馬上からエリヴィラを見つけると、片手ですくいあげるようにさらった。

腕を伸ばし、力強く彼女を抱える。

やがて、馬がゆっくりと速度を緩め、デュオンの腕の中にエリヴィラがいた。見間違いようのない彼女だ。

――想像していたより華奢だな。すっぽりと俺の腕の中にいる。

半日、会えなかっただけだというのに、その紫色の瞳が、凛々しい顔が愛おしくて、愛おしくて……堪《たま》らない。

彼女のほうに回した手に力を入れて、自分の胸へ押しつけた。

「……皇太子様？」

驚き、息をするのも忘れていたエリヴィラがデュオンの顔を見上げ、驚く。

「デュオンと呼べ。お前にはその地位があるだろう、エリヴィラ王女」

「なぜです？　あっ……私のこと王女って……執務室に居たのは……その……」

正体がバレてしまったことに気づき、エリヴィラが顔を伏せる。

「ダメだ。俺のほうを向け。もう逃がさない。エリヴィラ……」

「ん――」

下を向いた顎《あご》を掴み、上を向かせるとその唇を奪った。

驚きの連続で状況を把握できていないのだろう、エリヴィラは目を丸くしたまま、キスされている。

柔らかな彼女の唇の感触は、二度と忘れられないほどに甘美だ。

「ん、んぅ……んっ……んぅ――」

少し抵抗されたけれど唇を押しつけ続けると、力を失っていく。

彼女の頬が淡く染まり、堪らないほど扇情《せんじょう》的な表情になった。

それに興奮して、息をするのも忘れ、何度も何度もエリヴィラにキスをする。

しばらくして、ゆっくり唇を離すと、熱い吐息がデュオンの顔をくすぐった。

「お前に決めた。俺と来い」

「……えっ？　ちょ、ちょっと待ってください！　何がどうなっているのか」

すでに馬は城へと走り出している。

まったく状況がわからないエリヴィラがデュオンの胸を掴んだ。

――――焦りすぎだ、俺としたことが。

「お前が好きだ。お前も俺に惹かれていただろう？」

「……それは」

エリヴィラが言葉を濁《にご》す。出会ったばかりの男を好きと言うのに抵抗があるのだろう。

「だから、バルコニーで俺とキスしろ。それさえすれば、俺たちの結婚に誰にも何も言わせない」

「……困ります！」

今度は腕で胸を突かれた。

極上の柔らかな感触が離れていってしまう。それだけで寂しさが募る。

馬が影響されるかのように、足をまた緩める。

「何が困る？　言ってみろ」

「その……他の皆様が納得しません。私がいきなり貴方の妻の座をさらうような形になってしまうと、不満が……」

「だったら、皆が納得すればいいわけだな、エリヴィラ?」

つまりは自分の妻になることに関して、彼女は嫌がっているわけではない。

――最高の気分だ。俺は生涯《しょうがい》で唯一の妻を捕まえた。

「納得だけというわけでは……きゃっ!」

「飛ばす。しゃべっていると舌を噛むぞ」

もう一度、彼女の華奢な身体を胸に押しつける。

デュオンはどこまでも城門を抜けて平原を駆けていきたい気分だったが、今は城へと馬を走らせた。


重鎮たちのところへ戻ったデュオンは、思惑通り彼女を花嫁候補として認めさせた。

そして、帝国の城下は封鎖されたまま、小国オルディーの王女エリヴィラ、南国リティナの王女イーネス、貴族で大富豪の娘ジュゼアーナ、大臣の娘クロエの四人による平等な勝負で審査を行うことを、強引かつ――正式に決め。

それらの事柄はグレガスタン帝国に相応しい皇太子妃として、民衆にも認められる必要がある、他国の介入を受けないよう一時門を閉じる、との言い訳を添えられ、民に広く告知された。

本来、楽しむ時には大いに楽しむ気質の帝国の民。

花嫁審査が皇太子妃を選ぶ粋な皇帝の計らいとして認識され始めると、あっという間に混乱していた城下はお祭り一色となり。

結果として、重臣たちの、いやデュオンの思惑通り。

花嫁を選ぶ審査方法にも……当然彼はエリヴィラが選ばれるような罠を張っていた。

本人の意思に拘らず。

【第三章】市場の女神にご褒美を

正午からの大市を見ることができて嬉しい。

――だけど……。

エリヴィラは色とりどりのテントを広げた露店を見た。

広場の中央にある一区画の面積が多い石畳《いしだたみ》は、大市の目玉とも呼べる位置にある。

横に連《つら》なる四軒の店は、商品も豊富で、ここへ来るまで並んでいた店と比べると、一番上質な物を扱っていた。

――本当に、こんな立派なお店を任されていいの……？

店主だろう男たちは、皇太子が決めたことならばと、見守るだけにして奥で補佐役に専念することになっている。

一日店を任せる――簡単なことではない、そこには信頼もあるし、今立っている四軒の区画は、二百以上並ぶ大市全体の雰囲気にもかかわってしまう。

この場所は、市場の……つまりは、貿易大国グレガスタンの顔だ。

〝民衆を沸かせて、グレガスタンに潤いを与える店にしろ〟

花嫁勝負の内容は、貿易大国グレガスタン帝国の未来の皇妃を選ぶということで、指定された店で品物を売れ——というおおよそ花嫁の審査に相応しいとは思えないものだった。

そもそも民衆の前で花嫁の座を競うなんて、前例がないわけだから、誰も審査内容に文句も言えず。

結局、デュオンの提案にそのまま押し切られたようだ。

——どうしよう。

エリヴィラにとっては有利というか、たぶん普通にやったら敵なしの内容。

けれど、手を抜けば店主に迷惑をかけることになる。

……実のところ帝国の大市で店を任されるということに、ワクワクもしてしまっていた。

どうすればいいのかわからず、エリヴィラは天を仰いだ。

気持ちのよい快晴で、きっと大市も賑わうことだろう。

「うっ……」

困惑《こんわく》を隠しきれず、昨日詳しいことをデュオンから聞かされたあとに紹介された姫君たちの顔をそっと窺う。

誰も動揺している様子はない。

それどころか、瞳に闘志《とうし》が宿っている気がした。

――こんな状況になるなんて。

オルディー王国へ帰るはずが、封鎖というありえない事態で引き止められてしまい、あろうことか皇太子に馬でさらわれ、花嫁選びに参加させられて……。

エリヴィラと三人の姫が競うこととされ、今まさにそれが始まろうとしている。

「……デュオン」

――彼のことは……好きだと……思う、たぶん。

としか、言いようがない。

尊敬はしている……断言できる。

でも、それ以外のことは――。

まだ気持ちどころか状況の整理もエリヴィラの中ではついていなかった。

デュオンの妻になることは、嫌ではない。

執務室で話した時は楽しかったし、こんな人がもし……と意識もした。

キスされた時……突然とはいえ避けられなかった。

しかし、夫になる人をおいそれと簡単には決められない。

ただでさえ、彼はグレガスタン帝国の正式な後継者なのだ。

彼との結婚は傾いているオルディー王国を助けることになるかもしれないけれど、小麦の供給を止めるような、酷いことをしてきた帝国のことだから、罠かもしれない。

ともかく、こんな気持ちと何も解決していない状況の中で、流されるまま彼の言葉を受け入れるなんて、エリヴィラからしたらありえなかった。

――十分……流されているとは思うけど。

今立っている店先から、ちらりと辺りを窺った。

店の少し離れたところには、変装して様子を見るデュオンと彼の側近たちの姿がある。

ただ、彼らの持つ雰囲気で、王族と側近とまではわからないにせよ、低く見積もっても役人には見えてしまうだろう。

姫君たちはというと、こちらは一応身分を明かさず商売をする勝負なので、それぞれが質素さを心掛けた服装になっている。

エリヴィラは宿屋でフリッカから借りた、生成《きな》りのワンピースに藍色のエプロンを身に着け、ショールは裏側にしてきつく交差して結んでいた。

邪魔な髪もひとまとめに紐《ひも》で縛り、片方の肩へと流す。どこから見ても町娘だ。

「あら、平民姿がよくお似合いですこと、エリヴィラさま」

真っ赤な唇で笑みを向けてくるのは、ジュゼアーナだった。

彼女はドレスこそ地味な色合いであったが、艶やかな真紅のコルセットで編み上げたボディスを身に着けているので、見ているだけで眩しい。

「……ありがとうございます、ジュゼアーナ様」

どう見ても貴女は身分が偽られてはいませんよ、という軽口など叩けないほどの威圧感がある。

笑みを向けられていても、敵対するような視線が痛い。

――本当なら、この三人の誰かがデュオンの花嫁になる予定だったのよね。

昨日紹介された時や、今日ここへ来るまでの周りの様子から、エリヴィラはそのことをひしひしと感じ取っていた。

けれど、同時にこの三人の誰かがこれから彼の隣にいるのかと思うと、なぜか胸が苦しくなった。

何かが蠢《うごめ》くように胸の奥が痛い。

せめて店に迷惑をかけず、でも一番にはならないようにやり過ごさなければならない。

心だけでなく、難しい条件をもエリヴィラは一人だけ抱え込んでいた。

「衣装と小物ですか……わたくしの知識を披露《ひろう》できますね。勝敗は売った額でした？　こちらが有利でしょうか」

涼しげな顔でイーネスが呟く。

彼女は頭部からドレスのウエストまであるフード付きの外套《マント》で青銀色の髪を覆っていた

が、フードから零れた眩《まばゆ》い銀糸の輝きと、高貴な美貌は隠しようがない。

イーネスの言葉にエリヴィラが答えようとしたところで、クロエがエプロンのポケットからガサガサと書き付けた紙を取り出す。

「い、いえ……イーネス様。競うのはお店の在庫数です、あのっ……足留めされた商隊の品物も……引き取ったので、取り扱う物もいつもより多くて……とにかく売りさばいてくださいい……とのことです。わたしは、焼いたお肉とか、パンとか……お料理したことないですけど……」

クロエはひっつめた黒髪をシンプルなレースの帽子《ボンネット》で留め、白と若緑色の縦縞模様のワンピースに、エプロンをしている。

生真面目に勉強してきたのか、彼女は他にも沢山の字で埋め尽くされた紙を持っていた。

その様子にエリヴィラは好感を覚える。

「そう……どちらにしても、知識と教養がものを言うわ。あまりこちらへ食べ物の匂いを飛ばさないでくださいね、では……」

イーネスが持ち場の店へと身を翻すと、それが自然と開始の合図になり、エリヴィラも受け持つ店へと足を進めた。

エリヴィラの店は、広場にある大きな四軒の右から二番目だった。

一番右がクロエの串焼《くしや》きとハムのお店で、商隊からパンとチーズが追加で売るように届いている。

本来の店主が肉を焼き始めていて、香ばしい匂いが大市を盛り上げていた。

「さて、お嬢さん。張りきって売ってくださいよ、味はいいんですから」

「は、はい！　お、美味しいお肉はいかがですかー！」

補佐役に促されて、クロエが顔を真っ赤にして叫ぶ。

クロエの店から右には、ずらっと小さな食べ物の屋台が並び、それぞれから美味しそうな匂いが漂ってくる。

甘いお菓子の匂い、ジンジャーミルクの匂い、香草《こうそう》焼き、豚の丸焼き、太い麺《めん》に厚切りの野菜たっぷりスープをかけて振る舞う屋台。

それらの匂いを飛ばさないでと言うイーネスの要望は、大市では無理な話だ。

続くエリヴィラの店は果物や野菜を扱う、青果店《せいかてん》だった。見たことがない果物もあってすでにワクワクしている。

オルディー王国の名物であるリンゴが高くて驚きつつも、誇らしい気分になって布で表面を優しく綺麗に磨く。

「お前さんは、手つきがいいね。よろしく頼むよ」

「はい」

青果店の元店主が笑いかけてくる。

内心はらはらしているのかもしれない彼を、なるべく安心させてあげたい。

「軽い物を量《はか》る秤《はかり》はどこですか？」

エリヴィラは店主へ尋ねた。

一番初めのお客さんが来る前に、把握しないといけないことが沢山ある。

「ああ、香辛料を売るなら、出しておかないとね。お前さん、大変な物を引き受けちまったなぁ～」

商隊から追加されているのが香辛料で、単価が高い。戸惑《とまど》いはあったけれど、服飾に比べれば売りやすいはずだ。

エリヴィラの左隣は、イーネスの店だった。

ドレスや精緻《せいち》な刺繍の入った衣装に、大粒の宝石がはまった腕輪、何連にもなった首飾りが所狭しと並べられている。

追加で売るのは絨毯《じゅうたん》とタペストリー。

「地味に並べないで……赤い布は奥、金糸《きんし》の物を前へ」

指示を出し始めたイーネスの声がエリヴィラへと届く。すっかり尻に敷かれた店主の、弱々しい声が何かを訴えている。

エリヴィラの位置からはよく見えないが、左の端はジュゼアーナの店だった。

金の燭台やスプーンなどの銀器、硝子《ガラス》製品、海路で運ばれた珍しい模様の陶器。

新品の物だけではなく、古美術品としての価値がある物まで置いてある。

オルディー王国で暮らしていたエリヴィラの耳にも、掘り出し物が売っている店があると届くほどの有名店だ。

商隊から足された売り物は書物だった。かなり難しそうな商品であるが、客としてなら、店をじっくり見てみたい。

「はっ？　こんなボロ皿が金貨八枚？　ありえない、犬にでもくれてやりなさい！」

聞こえてくるジュゼアーナの怒号は穏やかではなく、少し心配だ。

――でも、私は目の前のことに専念しないと。

大市の開始を知らせる銅鑼《ドラ》が鳴ると、あちこちで商売が始まる声がして、それぞれの店へ人が集まってくる。遠くの広場の入り口を見ると、大勢の客がつめかけていた。

まもなく、彼らが一斉に大市へ溶け込み、押し寄せてくると考えただけで背筋が伸びる。

「緊張しているのかい？　大丈夫、お前さんみたいに可愛い子が売り子をしてくれるなら、すぐに売り切れさ」

エリヴィラの手伝いをしてくれる元店主が、ウィンクする。おかげで少し緊張が解れた。

「お野菜いかがですかー？　美味しくて、新鮮なお野菜です！」

声を張り上げると、元店主がおじいちゃんみたいに優しい顔でウンウンと頷いている。

間違っていないみたいだ。

自分で店先に立ったことは、オルディー王国でもほとんどなかったけれど、知識だけならある。

すぐに流れてきた人がピカピカに磨いておいた野菜を目にして、足を止めた。

優しそうで裕福な奥様みたいだ。

「お嬢さん、この白い丸いのはどうやって食べるの？」

「カブって言います。煮込み料理に入れたり、すりつぶしてスープにしたりします。ほんのり甘くて、クセのない味ですよ」

事前に店主から聞いておいた野菜の詳細を思い出しながら、お客さんに説明する。

「へぇ～、真っ白くて綺麗。変わった野菜だね」

「あ、そうだ！　この岩塩や胡椒《こしょう》などの香辛料をつけて生で食べても美味しいですよ」

さりげなく、香辛料もアピールする。

「じゃあ……そのカブと岩塩、あとニンジンいただこうかしら？」

「毎度、ありがとうございます！」

――――やった、いきなり売れた。

こみ上げてくる嬉しさを抑えながら、商品を渡された籠に詰めていく。

お客さんから代金を受け取った時の喜びは一入《ひとしお》だった。

「店主、新しい奥さん？　ずいぶん若いわねぇ」

「いえいえ、ちょっと借りものの売り子です」

どうやらお店の常連だったらしく、お客さんが店主と二言、三言世間話をしている。

「お待たせしました」

「ありがとう、お嬢さん。また来るわね」

頭を下げて見送ると、奥様が手を振りながら去っていく。

振り返ると店主が満面の笑みを浮かべていた。

「こりゃ、今日は楽できそうだ。すぐ品物がなくなっちまうな」

「まだ一人目のお客様です。気が早いですよ」

エリヴィラは緩みそうな顔を引き締めて店先に再び立ったけれど、この場所を何年も守り続けた繁盛店の店主の予想は当たった。

綺麗に磨いておいた野菜に誘われて、次々とお客さんが来て大忙し。

レシピをすらすらと話すエリヴィラの売り子は、お客さんに大好評だった。裕福そうな人には香辛料も一緒に勧めたので、そっちのほうも少しずつ売れていく。

――これなら、何とかなりそう。

不安だった気持ちが消えていく。

直接お客さんと接する喜びは、交易で大きな利益を出した時とはまた違うもので、気持ちいい。

エリヴィラは花嫁勝負のこともすぐに忘れてしまい、お店を繁盛させることに全力を尽くしてしまっていた。

店の品物が半分ほどに減ると、客足も落ち着き出す。

――野菜に比べて香辛料が少し残っている……どうしよう。

このまま続けていれば、じりじり売れるかもしれないけれど、できれば、心配のない量ぐらいまでは売りたい。

考えていると、ふと通り過ぎる人の声が聞こえてきた。

「お腹減ったなぁ」

「だったら、ここの串焼きが美味いんだよ」

――そうだ、クロエ様のお店は？　お姫様たちは売り子なんてしたことないのに。

店先を歩く夫婦者の声に釣られて、隣の様子を見る。

並ぶほどではないけれど、繁盛している様子だった。お客さんが次々と訪れて串焼きやチーズ、パンを買っていく。

網の上に並んでいた最初に焼いた串は売り切ったみたいだ。

――クロエ様のお店は大丈夫そう。

売れなかったら店主が困ると思ったので、ほっと胸を撫で下ろす。でも、次に聞こえてきた声にぎょっとした。

「あわわっ、この銀のお金って金貨何枚分ですか？」

──混乱して、おつりで金貨を渡そうとしている⁉

銀貨より金貨のほうが当然価値があるわけで、クロエはそれさえもわからないようだ。

店の中を隣から覗くと、店主は串を焼くので忙しいみたいだが、

「ま、待った──！　あんたは焼くほうをやってくれ。おれが接客するから」

さすがにおつりで金貨を渡されては堪ったものではないだろう。青い顔をして店主がクロエを後ろに追いやる。

「ご、ごめんなさい……わたし、金貨しか見たことなくて……焼いてみます！」

ワンピースの袖をまくり上げ、クロエが仕込みの済んでいる串を焼こうとする。

──何だか嫌な予感が……。

自分の店のことは上の空でエリヴィラが隣の様子を窺っていると、一人の紳士がクロエの店の前に立った。

「クロエ……あ、いや、売り子さん。今は焼き子さんかね？　上手くやってるかね？」

「あ、はい、叔父《おじ》さん……じゃなかった、お客さま」

バレバレすぎる。たぶん、この紳士はクロエの叔父さんの宮内大臣だろう。

「じゃあ、一つくれるかね？　いや、一つと言わず店ごとくれないかな？」

──さすがにそれは花嫁勝負として、まずいのでは……。

「……叔父さん、それはさすがにダメだと思います……気持ちは嬉しいのですけど……」

二人のやりとりに心配しているとちゃんとクロエは大臣の不正行為を断った。クロエのためにも買占めはよくない。公平な勝負でなくなってしまうから。

しょんぼりしながら、宮内大臣が串を二本だけ注文する。

どうやらクロエの良心で事なきを得たようだ、と思ったのだけど……。

「うっ……」

「大丈夫、叔父さん!? 顔が真っ青ですけど……」

「な、なんでもない。美味いなぁ。ここの店の串焼きは最高だー!」

芝居がかった様子でお店を宣伝しながら大臣は去っていく。でも、さっきの声と駆け足だったのが気になる。

宣伝の効果があってか、すぐに次のお客さんの注文が入ったまではよかった。

でも「生焼けじゃないか!」という怒声が聞こえてきてしまう。

クロエと店主が何度もお客さんに謝っていたけれど、その騒動で人の波はさっと逃げてしまった。二人して、途方に暮れている。

一部始終を聞いていたエリヴィラは、いても立ってもいられなくなり、声をかけた。

「クロエ様、大丈夫ですか?」

「大丈夫じゃないです……ど、どうしましょう、わたしの失敗で……うぅぅ……」

今にも泣き出しそうな顔のクロエに事情を聞く。

どうやら、クロエが焼いたのは急ぐあまり全部生焼けで、当然大臣のもそうだったけれど、愛で何とか食べきったみたいだ。

「困ったねぇ。食い物ってやつは、一度評判が落ちると、取り返すのが難しいんだよ」

串焼きの店主も困った顔で考え込んでいる。

「だったら、新しい物を売るしかないですね。もっと美味しくて、つい買ってみたくなるような新商品を」

つい、エリヴィラは口を挟んでしまった。

「そんなこと言われてもなぁ。それがすぐに思いつけば苦労はしないよ」

串焼きの店主の言う通りだ。新商品なんてそう思いつくものではない。

――あっ！　こうすれば……。

串焼きの店の品物を見て、さらに自分の店を見て、エリヴィラはひらめいた。

「ねぇ、クロエ様。この香辛料を買ってくれませんか？」

「え……？　そ、それぐらいのお金持っていますけど……どうしたんですか？　急に」

戸惑うクロエに説明する。

「あ！　それ、すごくいいアイディアです。絶対美味しそう！」

――あとは、クロエの仕事をどうするかなんだけど。

店番はできないし、串も焼けないでは結局困ってしまう。

悩んでいると、ちょうどよく知った声が聞こえてきた。

「エリヴィラ、どう？　上手くやってます？」

「フリッカさん！」

唯一この国で親しい人——お世話になっていた宿屋の女主人フリッカだった。

彼女には、心配しないように花嫁候補になってしまったことを話していたので、様子を見に来てくれたみたいだ。

「困ったことが少しなら手伝うわ。こっそり手伝うぐらい問題ないでしょう？」

「お願いできますか？」

フリッカなら、串焼きのやり方をクロエに教えることはできるはずだ。

「今から新商品を作るので、その手伝いと……この方に串焼きを教えてもらえますか？　慣れるまでで構わないので」

「お安いご用ですよ」

快諾してくれたフリッカに新商品の案を教えて、全面的に任せてしまう。

しばらくして、すっかりやる気を取り戻したクロエの声が聞こえてきた。

「新商品でーす！　こ、香辛料たっぷりの贅沢《ぜいたく》お肉チーズサンドです！」

エリヴィラの考えついた新商品とは、お肉に香辛料を振りかけて焼き、それを追加の品だったパンで挟み、さらにチーズを入れた物。

ちょっと詰め込みすぎな気もするけれど、インパクトが重要だと香辛料の配合とともにアドバイスしてくれたフリッカの意見に従ってみたところ、予想以上に美味しかった。

もともと、食欲のそそる匂いだったものが、香辛料が加わって空腹を刺激する暴力的なものになる。

売れないわけがなかった。

「あわわわ……や、焼くの……間に合わない……こっち焼いたら、そっちを次に……」

急に忙しくなった店内でクロエがあたふたしているものの、フリッカもいるので大丈夫だろう。売れれば売れるほど、こっちの店の香辛料も買ってもらえて、どちらも潤う。

――さーて、やっと落ち着ける。

と、思ったその時……。

「おい、なんかあっちに行くのは止めたほうがいいぜ。売り子がすげー美人なんだけどよ。赤いほうの店は無理矢理買わされるし、青いほうは無愛想でちっとも売ってくれないしでさ」

通りかかった人の愚痴が聞こえてきた。

そういえば、この辺りの雰囲気が妙に悪い気がする。

――何が起きたの？

店を離れたら失格かもしれないけど、放っておけずに、エリヴィラは他の店を見に行くことにした。赤と青、ジュゼアーナとイーネスだと思う。

青果店の店主に少しだけ出かけてくることを伝え、まず、ジュゼアーナの店へ向かった。

「お兄さん、この壺買ってくれない？」

「いや、いいよ。そんなもの置くところないし」

「はい、今〝いいよ〟って言ったわね。お買い上げありがとうございまーす！」

……強引すぎる押し売りだった。そんな売り方をしていれば、噂になるばかりか、大市全体の雰囲気を悪くするのも納得できる。

――イーネス様のほうは……。

「安くする？　わたくし、貴方からは〝買う〟という言葉以外、聞くつもりありません」

ジュゼアーナの店よりはマシかもしれないけれど、こちらもせっかく来てくれたお客さんを怒らせていた。どちらの店主も店の奥で頭を抱えていた。まったく同じ姿勢で……。

――ま、まずはジュゼアーナの店から何とかしよう。

「ジュゼアーナ様、調子はいかがですか？」

「あっ、エリヴィラさま。見ての通り、みんなケチでなかなか買ってくれなくて困ってるのよー。どこかの無愛想な姫のせいで、段々人も来なくなっちゃったし」

人が来なくなった理由は置いておいて、彼女の悪い点は上手く伝えたほうがよさそうだ。

なるべく、ジュゼアーナのプライドを傷つけないようにしながら……。

「もう少しお客さんが求めてる商品のことを考えて売ると、もっと売れると思いますよ。ジュゼアーナ様は人を見る目が、とても優れていると思います。そのお力で考えて……このお客さんが欲しがりそうなものを勧めてみませんか？」

ジュゼアーナが「商品のこと、欲しがるもの」とぶつぶつ言いながら店を見回す。


「……この陶器の皿とかどう？」

店の奥に行って持ってきたのは、鮮やかな模様が焼き付けられた異国の皿だった。硝子のグラスの輝くような美しさに対して、この皿は趣《おもむき》がある。

「素晴らしい皿じゃ、見れば見るほどに味があるわい……気に入ったぞ、いくらかな？」

「うーんと……銀貨一枚だけど、おじいさんには高いわよね？　銅貨十枚ってところにしておこうかしら？」

「いただいていこう。ほっ、ほっ、いい買い物をしたわい」

ほくほくの笑顔で、皿を手に商品を勧められたおじいさんは去っていった。

「ふふっ……やったわ。なんかわからないけど、さっきより楽しくなってきた。よーし、もっとお客を喜ばせてあげるわ。ありがとー、エリヴィラさま……あ、そこのカッコイイお兄さん！　あなたにぴったりのものがあるのよ」

すっかりやる気になったジュゼアーナが、次の客をさっそく捕まえている。

――さて、あとは……。

「価格は下げられません！　価値がわからないような人に売りたくはありませんわ」

左を向くとイーネスの声に続いて、客が逃げ出すのが見えた。

「まったく、意味がわからないわ。この値段で買わないなんて馬鹿げています」

「イーネス姫、少しは値引きしないとなかなか売れませんよ」

「エリヴィラ様？」

イーネスに声をかけると、彼女は少しすがるような顔をしてから、すぐにシュッといつもの凛々しい顔に戻った。

「そ、それでも値切られたくありません。価値を貶《おとし》める行為です。値引きを認めたら、わたくしが負けを認めるようなものだもの」

「そ、そうですね？」

イーネスは計算や商品の目利きには強そうだった。あとは、値引きをせずに売る方法を見つければ、きっと……。

値引きが価値を貶めると思っているなら、無理に強要すると反発されるだけだ。

――そうだ！　値引きじゃなく、値上げしていけば。

「……イーネス姫にぴったりの方法があります」

彼女に思いついた方法を説明する。

「えっ、そんな売り方があるの？　知らなかったわ。エリヴィラ様って物知りね」

「たまたま知っていただけです。さっそくやってみませんか。私もお手伝いするので」

イーネスと共にエリヴィラは、店の中を改装し始めた。


「この見事な模様の絨毯。遠い南の砂漠の国で織られたもの。普通に買えば金貨一枚はくだらないと思いますわ。それを特別に銀貨一枚からにいたします。さあ、みなさん、存分にお上げなさい！」

吊るされた絨毯の横に立ち、イーネスがスタートの声を上げる。

一斉に人々が〝銀貨二枚〟、〝銀貨三枚〟、〝銀貨十枚〟と価格を上げていった。

価格を下げたくないなら、最低価格から客に競わせて上げさせればいい。

――エリヴィラの考えた秘策は〝競り《オークション》〟だった。

女帝的なイーネスの雰囲気も手伝って店は人だかりができて大盛り上がり、価格は元値よりも、うなぎ登り。美しい威厳を前にして、お客さんも我こそはと値を釣り上げていく。

「少し休憩してから次の競りに入ります。しばしお待ちください」

イーネスが休憩を告げる。しかし客は次の競りを見ようと、いなくなることはなかった。

「お疲れ様です、イーネス姫」

濡らした冷たい布を差し出すと、それを額に当ててイーネスが息を漏らした。

「こんなに心躍《おど》るのは初めてのことですわ、物を売るって素晴らしいことね」

熱気にあてられたのだろう、イーネスの白い肌は、ほんのり赤くなっている。微笑む彼女の顔は、今まで見た中で一番魅力的だ。それが客を集めている大きな要因でもある。

「ライバルでありながら、知恵をお借りし、窮地を救っていただいた恩は忘れません」

これで安心とばかりに、エリヴィラは隣の自分の店に戻った。

頭を何度も下げて店主に謝ったけれど、心配する必要もなかったほど、エリヴィラの青果店は好調で、クロエの店が香辛料を買ってくれたうえ「味付けは隣で買える」と宣伝してくれた効果もあり、問題なかった。

品を全て売り切るまであと一押し、というところだ。

――さあ、売るわよ！

「いらっしゃい。リンゴどうですか？　オルディー産のリンゴです。すっぱくて、甘くて、煮ても焼いても美味しくいただけますよー！」

残りの品を確認し、店の前に立つとエリヴィラは声を張り上げた。

…………。

…………。

「ありがとうございました！」

最後に残った果物と野菜を、お遣いらしき侍女がまとめて買ってくれて、エリヴィラの店は売り切れ閉店となった。

店主と喜びを分かち合いながら、軽い足取りで籠やテーブルを片付けていく。

売り上げを数えるために、店の奥へ陣取った店主がランプを点す。

「あっ……」

その様子で、エリヴィラは辺りが暗くなりつつあることに気づいた。

――もう、夜市の時間に入っている。

広場の外周に近い、敷物に商品を並べただけの簡素な場所は、朝市と昼の大市、夜市で完全に店が入れ替わると聞かされている。

エリヴィラら一帯の大きな店は特別で、朝は閉まっていて正午から始まり、夜の時間帯による店の入れ替わりはない。

だからそれら大きな店は、夜市の時間になったのを見計らって、売れ残った物を値下げして売り切ろうと声を張り上げていた。

「ベリーのパイ、半額ー!」

「店にある分だけ、安いよ～、持ってって～!」

惹かれるように店先へと出る。エリヴィラは、思わず呼び込みの声に釣られてしまうのをぐっと堪えた。

空は快晴から夕焼けをいつの間にか過ぎて、薄い藍色に変わっていた。これから闇を迎える前の名残惜しい柔らかな輝き。

――他のお店はどうなったかな……？

エリヴィラはそっと隣のクロエの店を見た。肉を焼く火を落としているところで、商品はほとんど残っていない。

胸を撫で下ろしてから、反対隣のイーネスの店を見ると、ずいぶんと寂しくなっている。元が豪勢な商品を扱っていたせいで、店を覆うカーテンまで売れてしまったのかと思うほど、がらんとした様子の売れっぷりだった。

「よかった……」

最後の残りといった様子で店頭に並ぶ衣装や飾りが一式。イーネスは疲れた顔も見せず、衣装の傍らに立ち微笑している。

次にジュゼアーナのお店に目を凝《こ》らすと、最後の商品が売れたところみたいだった。書物の束を抱えた貴族風の男が意気揚々と出て行く。売れるのも時間の問題みたいだ。

すぐにジュゼアーナの家族らしき迎えが来て、彼女がエリヴィラとちらりと目を合わせ、手をひらひらと振って帰っていく。思わず手を振り返してしまった。

「どうした？　売り切ったというのに他の店の心配か」

エリヴィラの側には、いつの間にかデュオンが立っていた。

格好こそ、お忍びのままであったが、外套《マント》のフードはかぶっておらず、金の髪は、藍色を吸い込んでも眩しい。

「デュオン！　あっ、じゃなかった……えーと、何のご用でしょうか？　お買い物でしたらすみません、もう店じまいです」

思わず彼の名前を叫んでしまってから、慌てて取り繕う。

「もう、隠さなくてもいい。ここら一帯の商人連中はとっくに気づいている、俺の身分がばれてはいけないルールはない」

「でも……混乱とか、起きませんか？」

いきなり皇太子が市場に現れたと噂になれば、大変なことになりそうだ。

「店主に話をつけて店を借りたのは俺だぞ。連中は昼からずっと気づいていたさ。小さな店の奴らも、俺の顔を知らない者のほうが珍しい。商館で一年の半分は過ごしているからな。お目付け役に進んで話しかける奴はいない」

「確かに……」

デュオンが自ら取り仕切っているのなら、彼が市場に現れるのは珍しいことではないのかもしれない。知らん顔をしていただけだ。

「売り切ったのなら夜市を見に出かけるぞ。今、店主にお前を連れて帰ると挨拶をしてきたところだ」

「か、勝手に決めないでください」

彼の誘いは魅力的だったけれど、強引に先回りされている感じがする。

逃げ場を巧みに塞がれているというか……。

「俺は純粋に案内してやると言っているだけだ。夜市を見回るのに案内役は必要だろう。それに市を見渡せるとっておきの場所を知っている」

「……いき、ます……」

夜市を見たいという気持ちに逆らえなかった。それに〝とっておきの場所〟だ……。

エリヴィラは自らも店主へ断りを入れて、デュオンの少し後ろについて店を出た。

「あっ……出てきた、あのっ！　えっ、エリヴィラさまー！」

右隣の店から慌てたようなクロエの声がして、彼女が串焼き肉を二本持って、飛び出してくる。初めに会った印象より、今夜が一番生き生きとしている。

香ばしい黒胡椒の匂いと、表面にこんがりと焼き色のついた串焼き肉は、美味しそうだ。

「これっ、最後の火でわたしが焼きました。生焼けじゃないお肉です。店のご主人がもう出していい味だって言ってくれて……あのっ、お夜食に、どうぞ！」

「ありがとう……」

感激して受け取る。続いてクロエは控えめにデュオンへも肉を渡した。

「あの……皇太子さまも、よろしければ……っ、どうぞ」

「俺のほうがついでなのが気になるが、まあいい……うん、大市の名物の味だな」

デュオンが気持ちのよい食べっぷりでペロリと串焼き肉を平らげたので、エリヴィラも大口を開けすぎないように、でも借りものの服を汚さないように注意深く食べきる。

さっそく、市場を満喫している気分になってきた。

お肉が柔らかくて甘くて、でも黒胡椒がピリッとしていて……。

「美味しい……」

エリヴィラの様子を真剣な顔で見ていたクロエの表情が、ぱっと綻ぶ。

「よかった……！　屋敷へ戻ったら叔父様にも新しく焼いて出したいと思います」

今度こそ、大臣はしっかり焼いたお肉が食べられそうだ。

クロエがエプロンから手早くハンカチを取り出し、二人から串を引き取り、指先を拭いてくれた。細かいところまで気が利いていて、おまけに自分より若い姫に世話をさせてしまったことに、むず痒い気持ちになる。

クロエへ礼を言って別れ、反対方向へ歩き出すと、今度はイーネスから声がかかった。

「エリヴィラ様、こちらにもいらして？」

鈴の鳴るような声は、静かな響きなのに、夜市の雑踏に紛れずよく通る。

「は、はい！」

イーネスの店へと近づくと、派手な民族衣装をエリヴィラの服の上へ合わせるように広げられた。

「こちらの衣装、エリヴィラ様に丈も胸もぴったりだと思いますの」

「えっ……いえっ、こ、これは……ちょっと……」

象牙色の布に金の装飾は美しい。けれど、上半身を覆う部分が少なすぎる衣装だった。上衣は胸の形をしたビジューが縫い付けられた布がわずかにあるだけ。

「サイズは合いそうですけど、涼しすぎるのではないかと……」

遠まわしに断る。イーネスの店は、この衣装と装飾一式が売れ残りのようだ。

さっき隣から見た時は細部まで気づかなかったけれど、これは踊り子さんとか旅芸人とか、目的のある人にしか売れない衣装だろう。

「涼しすぎる？　腰布は足首まで隠れていますよ」

わざとなのか、素なのか、意味がわからないといった様子でイーネスが目を丸くした。

「足首まであっても、腰布すけすけですし……横の部分切れてますから……」

「デザインです」

即答されて〝それは知っています〟とも言えず、エリヴィラは頭を抱えた。イーネス様のお勧めを断る言葉が見つからない。

「露出の多さは、装飾具を合わせて着飾るためです。腕輪は太い物と細い物が全て金で五連に……首飾りは金のチョーカーに大粒のルビーが七つ、イヤリングもお揃いですわ」

「た、高そう……ですね？」

こうなったら、値段の折り合いがつかないことで断ろうとエリヴィラは考えた。どう見ても装飾具が高価だし、本当に持ち合わせはない。

「はい、金貨二百枚です」

「はっ？」

イーネスの微笑は、エリヴィラの想像を遙かに超える額を告げた。

それだけあれば、オルディー王国で着るドレスが数十枚は買える。

「よし、俺が買おう！　エリヴィラへの贈り物だ。商館へ送っておいてくれ」

黙って成り行きを見ていたデュオンが、突然会話に割り入ってくる。

「ちょっと、デュオン！」

「大市の記念に、お前に何か買ってやろうと思っていたところだ。人助けだと思って受け取れ、エリヴィラ」

〝人助け〟の部分を強調してデュオンが言い聞かせてくる。

「わ、わかりました……ありがとうございます」

確かに、この一枚が売れればイーネスは店から解放されるし、そろそろ寒くなってきたから、お姫様には夜の野外は堪えるのではないかと思う。

「はい……商館へ手配します。ありがとうございました」

イーネスが胸を撫で下ろすように息を吐いたのを見て、エリヴィラは受け取ったのが正しいことだと感じた。

同時に、イーネスも花嫁候補なら、デュオンがエリヴィラに贈り物をしたことで嫌な気分になったのではないかと心配になってくる。

ふと、イーネスと目が合った。

「あっ……」

彼女が小さく叫んだ。そして、微笑に戻り、続ける。

「ええと、確か……それが最後の一着ですわ……お買い逃しなく！」

「見ればわかります。といいますか、その売り文句はもっと早い段階で、私が買う前に言っておかないと」

緊張が、どっと解れた。

「あらあら……」

戸惑うような鈴の音の声を背にして、イーネスの店を後にする。

「さあ、どこを見ていく？　行きたい場所はないか？」

イーネスの店を離れたデュオンがこちらに振り返り、聞いてくれた。馬の上から自分をさらって、キスまでしてきた強引な感じが今日はない。その笑顔に鼓動が高鳴ってしまう。

——キス……彼とキスしたのよね。

エリヴィラは無意識に唇に指で触れていた。

「どうした？」

すでに薄暗いのに、エリヴィラの表情の変化を読み取って、デュオンが聞いてくる。

「ううん、なんでもない……今日は妙に優しいのねって思って」

「下心があるからな」

さらりと言われた。

「じ、自分から言わないで……もう」

「いや、変な意味じゃない。お前を本当に妻に迎えたいんだ。一時の気持ちではない。お前が欲しい。お前こそが俺の伴侶に相応しい。お前は俺の隣にいるべきだ」

隣にいるべきだと言われて、嫌な気分にならないのは彼だからなのだろうか。

「すごい自信家のセリフね」

「俺は皇帝になる男だからな。そのぐらいの自尊心はないと務まらない」

苦笑いを返したけれど、彼の真っ直ぐな言葉に心の中ではドキドキが止まらなかった。

――うっ、どうしよう。

彼の笑顔が、そのルビーみたいな綺麗な瞳が見られない。見たいのに……。

「だから、お前の望みを言ってみろ。ここは俺の庭だ。たとえ、表だって知られていない秘密の店だって連れてってやるし、欲しいものがあるなら何でも探し出してやる」

「い、今は……歩いて、見て回りたいです……」

照れ隠しで歩き出すと、すっかり夜の帳が下りてきていた。

煌々《こうこう》とランプがついた夜市の明かりの間を、デュオンと共に歩く。

あちらこちらから漂ってくる匂いに惹かれ、眩い物、珍しい物の前で足を止める。

彼は決してエリヴィラに見ることを強要したり、急かしたり、待たせたりしなかった。

二人で見て回っているのに、気を遣ったり緊張したりすることもなく、ちっとも負担に感じない。

グレガスタン帝国へ来た目的を、今日は何度も忘れていた。

今だって、ふと気を抜くと、純粋に楽しんでしまっている自分がいる。

――どうしよう……楽しい……。

市場が好きだから？

彼のエスコートだから？

いけないのに……。

ぐるぐると思考が回る。

夜市の熱気なのか、自分の熱なのかわからない感覚でぼーっとしてきた。

そのせいで、人に酔いそうになってしまう。

「………」

――風に当たりたい……。

エリヴィラの顔色にすぐ気づいたのか、予想していたのか、デュオンはどんどんと広場のはずれに歩いていく。

「こっちだ、エリヴィラ」

露店が途切れると、城壁に行きあたり、彼はすでに石の階段を上り始めている。

デュオンに続いて石段を一段ずつ上ると、いきなり澄んだ空気が頬を撫で、ゴウッという音と共に耳に吹きつけてくる。

「わ……っ、気持ちいい……」

熱気にあてられていなければ、寒いと思ったかもしれない。

けれど、エリヴィラにとっては極上の風だった。

「石段の途中で止まるな。感動するにはまだ早いぞ」

足を止めていたエリヴィラは、デュオンの声で城壁を上りきっている彼のもとまで上がる。

高い高い城壁の上へ出ると、一気に視界が開けた。

「……綺麗」

眼下には、さっきまで歩いていた夜市が光の洪水のように輝いて見える。

「だろう？　俺の〝とっておきの場所〟だ」

本当にそうだと自然にエリヴィラの口元に笑みが広がった。

城壁の段になった部分には、二人分の椅子と毛布が置かれていて、デュオンに促されるまま並んで腰掛ける。

そうすると、視界は少し下がったが、今度は空も半分見えた。

市場からの光が届かない夜空の上のほうには、星が瞬いている。

――月は……？

首をひねって探すと、二人が座った真横に、巨大な城がありその後ろに三日月がひっそりと浮かんでいた。

近い城壁には、デュオンが人払いしたのか衛兵はいない。辛うじて遠くに槍を持った衛兵の影がぽつぽつと見える。

目を凝らしてもはっきりと姿形はわからない。城壁の上は、大市とは異なり、遠い間隔で松明《たいまつ》が置かれているだけで暗かったから……。

その代わりに、松明の一つ一つは大きい。エリヴィラとデュオンが座る背後にも一つあるのか、温もりとパチパチと燃える音を背中に感じる。

実際より大きな二つの寄り添う長く大きい影が、城壁の通路いっぱいに映り、気恥ずかしくなった。

「ほ、本当にいい景色ね」

エリヴィラはどこを見ていいかわからなくなり、夜市の明かりから城下へ視線を移した。

話しかけたことにより、身体が揺れて影もちらちらしてしまう。

「忙しい奴だな。そんなに焦って眺めなくても、ゆっくり見ればいい」

「私は……長くはいられませんから」

茶化すみたいに彼に言われて、つい本音が零れた。

エリヴィラの住む国は、こんなに煌《きら》びやかで大きな国ではない。

城壁もここほど強固でも立派でもないし、緑も少なくて――――。

「あれ……？　こんなところに森……」

住む人がいないのか、土地が余っているのか、エリヴィラが城の後ろ、北側を見ている
とデュオンが身を乗り出してきた。

「ああ、あの一帯は、皇族の狩猟地だ。古くからある森は手入れだけして残している。動
物も多く放してあるから、グレガスタン式の狩りを客人に提供できる」

「……グレガスタン式の狩場……大市に立派な城と城壁……」

この国のものは、何を見ても圧倒されてしまう。

その古く深い森を見つめていたら、ふとエリヴィラはそこで城壁が途切れていることに
気づいた。

「……森の部分だけ、城壁がないのね」

「城壁より早く森があったからな。そこは尊重《そんちょう》しなければならない。まあ、森は進むとすぐに険しい山岳地帯になっているから天然の要塞として、どの壁より強固だぞ。グレガスタン帝国へ攻め込むなら、山越えで不意をつくっていうのはいい策略だが、避けたほうがいい場所だろうな。重い装備も馬も連れて行けない。それでは戦にもならない」

可笑《おか》しそうにデュオンがエリヴィラの顔を覗き込んでくる。

「攻め込んだりしません！」

ああ、また影が重なりそうになって距離が近い。

デュオンといると、どうにも調子がおかしくなる。

巻き込まれたのに、楽しいと思えるなんてどうかしている。

――私、どうしてしまったのだろう。

エリヴィラは動かない自分の影をじーっと見つめた。

早く国へ帰らないと。このまま乱された気持ちのままでは困る。

今日のことだって、きっと何度も思い出してしまうだろう。

帝国には、小麦の供給を止められた理由を探りにきたはずだった。なのに、その憎いはずの帝国の後継者と二人きりでいるなんて。

――街の封鎖が解かれれば……。

そう思いかけて、エリヴィラは花嫁選びのことを思い出した。

大市の勝負は、全部のお店が売り切れてしまったのだから、引き分けになるはず。

仕方なく、他の要素で花嫁選びは決着をつけることになるだろう。そうなれば、後ろ盾もない自分は除外されるはず。そもそも勝手に持ち場を離れた自分は、失格とされるかもしれない。

勝敗がつけば、デュオンの花嫁が決まって、封鎖は解かれ帰ることができる。

……花嫁が決まったなら帰れる？

「…………」

エリヴィラは残念なような、ほっとしたような、ため息を零した。

今日一緒にお店を切り盛りし、売り切ったイーネス、ジュゼアーナ、クロエの三人のうち誰かがデュオンの花嫁になるだろう。

彼女たちのことを初めは苦手に思っていたけれど……一日が終わってしまえば、すっかり戦友みたいな気分だ。

また会いたいとか、友達になりたいなんて思うのは、分不相応かもしれないけれど……。

誰がグレガスタン皇太子の花嫁になっても、帝国はますます栄えるだろう。

頭ではそうわかっていても、エリヴィラの胸はズキズキと痛んだ。

「今日の勝負は、誰が見てもお前が優勝だ。大人しく俺の花嫁になれ」

「えっ⁉」

頭の中で考えていたこととはまったく逆のことをデュオンにはっきりと言われて、エリヴィラは動揺した。

彼の瞳を見ると、それが嘘を言っている目ではないことがわかる。

「そ……んなわけ……私は、店主に任せて抜けたりもしたし、他のお店にも手を出したし、他にもやってはいけないことをしてしまったかもしれないのに……」

「他の姫たちは態度で、お前が勝ちだと言っていたがな。さっきなんて、俺がいるのに、お前ばかり慕われていたぞ」

「偶然です……」

慕われていたのなら嬉しい……けれど、エリヴィラは言葉を濁した。

「大市の客に聞いて回ろうか？　誰もがお前が一番満足させてくれたと言うはずだ。だいたい、店を空けるなとか手伝うなとか細かなルールは決めていない」

それに――と、デュオンが笑みをつくる。

「〝民衆を沸かせて、グレガスタンに潤いを与える店にしろ〟ならば、間違いなく功労者はお前だ。あの四軒は大市の顔、グレガスタンの顔だからな。まあ、お前ではなく、俺の作戦勝ちといったところだが」

――作戦勝ち？　もしかして、彼の罠にまんまとはまった？

エリヴィラが他の店を手助けすることまで考えてのことだとしたら……私の負け？

「他のみなさんが納得しません。陛下だって……」

エリヴィラはおろおろと食い下がった。

「まあ、確かに重鎮たちは、今日の勝負を引き分けとするだろう」

「だったら……！　早くみなさんが納得する花嫁を――」

そう言いかけたところで、エリヴィラの両手はデュオンの両手に、ぎゅっと握られてしまう。

「俺は奴らを押し切れる、望むことを叶えられる力がある――勝負は重要ではない。俺はすでにお前を選んでいるのだからな。ただ乱暴に押し切って決めないのは――」

「……決めないのは？」

彼の言葉を気づけば待っていた。

「エリヴィラ、お前の気持ちを待っているからだ」

「私の……気持ち……」

緋色の双眸《そうぼう》に見つめられると、胸がドキドキして目を逸らしてしまいたくなる。

でも、吸い込まれそうでもあり、ずっと見つめていたくもなる。

「お前は、俺が嫌いか？　楽しくないか？　顔も見たくないならそうはっきり言え。心底嫌がるなら、やめてやる」

「そんな極端なこと……」

――嫌いだなんて言えない。言いたくない。

困ってはいるけれど、どこかほっとしてもいて……。

――わからない。

悪い人ではないと思う。

人を惹きつける魅力と、才気に溢れた人だとも思う。

でも、彼はオルディー王国を窮地に陥れた帝国の皇太子で。野蛮で粗暴な成り上がりの帝国の人のはずで、でも……。

「嫌い……とは……言えません。嘘も言えないし……わからないことを、確証もなく口にできません」

「今は、その返事で満足だ」

ふっと彼が笑った。

エリヴィラが嫌いと言えないと口にしただけなのに、満足してくれている。

わけがわからない……。

――デュオンは、強引なの？　心が広いの？　気が短いの？　長いの？

目の前にいる人のことがもっと、知りたくなる。

興味を……持っているから。

「あっ……！」

手を握り合ったままだったことに気づいて、エリヴィラは慌てて彼の手の中から手を引き抜いた。

触れ合っていた場所から、感情が流れ込んで読み取られてしまう気がしたから。

彼の熱を心地良いと感じてしまったから。

「手を握るのはまだ早いのか？　では影を抱くのは？」

デュオンが悪戯《いたずら》っぽい視線をエリヴィラへ向けてから、身体を斜め前へ出す。

するとエリヴィラと触れ合ってもいないのに、二つの影が合わさって、抱き合っているみたいに見える。

「だ、ダメ……！」

慌てて立ち上がり距離を取ると、彼が可笑しそうに笑う。

「さっきから、影を気にしていただろう。可愛いな、エリヴィラ」

「からかわないでください……っ」

反射的に声を上げたところで、触れ合ってもいないのに自意識過剰だとエリヴィラは気づいて、負けた気分で笑いが零れた。

「って……私なんで、こんなむきになって……！」

「ははっ、俺のことを好きなんじゃないのか？　意識しているから恥じらう」

言いながら、デュオンがエリヴィラの影を捕まえる。

肩を抱かれたわけではないのに、逃げ回ってしまう。

影踏み遊びをするように、城壁の上を飛びまわる。

そうしているうちに、息が段々と切れてきて、取り止めがなくなりエリヴィラは椅子へ戻った。

「……もう」

〝俺のことを好きなんじゃないのか？〟と言われて、咄嗟に否定できなかった。

デュオンに心が乱されっぱなしだ。

それでも悪い気はしない。

実のところ、少し楽しい……。

彼が楽しそうだから、こっちまで心が浮き立つのかもしれない。

淡く、思う……。

今感じている楽しさを、彼も感じてくれていたらいいのに――と。

「いい顔をするようになった。あと一押しだな、大市の時の顔にはまだ負ける」

「大市の時の顔……？」

エリヴィラは思い当たることがなくて、首を傾げた。

接客中の顔という意味だろうか。

「ああ、大市でのお前は生き生きとしていた。あとは……俺と執務室で話した時も、同じように目を輝かせていた。大市と比べると八割、今が六割。市場と書類が俺の敵だな」

デュオンの言葉に、エリヴィラは目をパチパチとさせた。

「お前の喜んだ顔が見たいと思って、城門封鎖で溢れた品を増やしたんだからな。グレガスタン帝国の取り扱う物を、一つでも多く見せたかった」

「えっ⁉　わざとですか！」

それは知らなかった。

「どのお店も、すごく苦労していたのに……」

「だが、解決した。お前が気持ちよく売り切った、市場の女神だ。俺も鼻が高い」

デュオンがエリヴィラを見つめてくる。

「別に、デュオンのために売ったわけじゃありません」

「可愛く否定するな。俺の理由はさておき、実際のところ四軒とも、もともと繁盛店で売れるのが当たり前だから、それだけでは勝負にならないだろう？」

「うーん……」

――言いくるめられたような気がする。

いつも先手を打たれて、デュオンに翻弄されっぱなしという気分が戻ってきた。

くすぐったくて、じれったくて……。

調子が狂ってしまう。

「あの、私そろそろ……宿に戻ります」

「そう急ぐな、そろそろ大市が終わる。商館で祝賀会があるぞ」

立ち上がったエリヴィラが、毛布をしっかりと畳んで椅子へ置くのをデュオンが制した。

「……出ません」

「ふーん……世話になった店主に礼は言わなくていいのか？」

――そんな不義理はできない。

「出ます。挨拶だけ……」

痛いところをつかれて、エリヴィラはデュオンと共に彼の商館へ向かった。


デュオンの商館は、大市と城の中間にあり、城下で一番立派な建物だった。

城下を流れる河辺に建てられた碧い壁の商館は月明かりに照らされ、水面《みなも》に映ったその姿は神々しいとまで感じる。

一階は直接荷馬車が止められる荷下ろし所になっていて、小さな柱が端から端まで連続してアーチを描いていた。逆側に船の船着き所もある。

二階と三階が執務室や取引の際に使う部屋。

均等に並ぶ窓が印象的で、部屋同士を分ける柱が半分外壁を兼ねていて、そこに施された女神の意匠は緻密で美しく、素晴らしい。きっと商業の女神をモチーフにしているのだろう。

贅を尽くしたわけでもなく、かといって切り詰めて造ったわけではない。持ち主のセンスのよさを感じさせる建物だった。

気後れしながら、エリヴィラは彼に祝賀会が始まるまで休憩する場所と案内され、その部屋に入った。さすがに中にまでは彼も入ってこなくて、一人になり思わず小さなため息が漏れる。

商館は部屋の造りも豪華だった。

艶やかな漆を塗った黒い天井に、四柱の天蓋《てんがい》付きのベッドは赤に金の刺繍を施した布がかかっていた。

――特別なお客様を泊める時に使う部屋かな？　それとも商館の中にあるデュオンの私室？

彼の執務室のように書物や書類に囲まれてはいない。

家具はあるものの、ほとんど生活感のある物は置かれておらず、綺麗なまま。

「何だか、今日は疲れた……」

ベッドに恐る恐る腰を下ろすと、ふわりと柔らかい。

一見して、窓はなく、壁には様々な交易品が飾ってある。一面だけ、天井から更紗布《さらさぬの》が幾重にも吊り下げられて、カーテンのように隠されていた。

そこに窓があるのかはわからないけれど、壊してしまわないか怖いのでエリヴィラは近づかないことにした。

――あんまり、触らないでおこう。

商館の中は、まだ人が少ないのか、静かだ。

祝賀会が始まるまで、待たなければいけないかもしれない。

何かが滑り落ちる音がしたと思ったら、枕のほうからシーツの上を何かが滑り落ちていった。

絨毯に落ちたそれを手に取ってみると布で、見覚えのある装飾具もある。

「あっ……イーネス様が売っていた衣装……」

しっかり届いているのが、くすぐったい気持ちになる。

――着ることはできないけれど。

エリヴィラは腰布を部屋の明かりにかざしてみた。やっぱり透けていた。

布の中から、紙の音がして、その書き付けを取って広げてみると、美しい文字が目に飛び込んでくる。

「えっ……？　イーネス様……」

手紙……ではないみたいだ。

説明のような淡々とした文章を目で追う。

〝背中のホックは壊れやすいので扱いに注意してください〟

〝一人で身に着ける場合は上衣を前で留めてから回して着てください〟

大真面目に書いてくれたイーネスのことを思うと、その通りにしなければならない気がした。

――待っている時間だけでも、一人でこっそり着てみようかな……？

服を脱ぐのにちょっと躊躇したあとは、布が少ない分だけ、身に着けるのは簡単だった。

幸いにも、大きくて立派な鏡台が部屋にあり、装飾具で着飾ることもできる。

首飾りはずっしりと重く、胸の周りの露出が多いのが、若干軽減された気がした。

「……お父様が見ても、お母様が見ても、お兄様が見ても、卒倒されそう」

エリヴィラはジュゼアーナのように悩ましいほどの身体ではないけれど、それでも恥ずかしい格好だった。

「エリヴィラ、待たせたな。片付ける書類があった」

「きゃああっ！」

ノックもなしにデュオンが入ってきたので、エリヴィラは悲鳴を上げて胸元を隠した。

「なぜ隠す？　似合うぞ」

「き、着てみただけです……もう脱ぎますから、出て行ってください」

胸元を隠しているはずなのに、彼の視線に射貫かれている気分になり、ドキドキする。

「いや、今夜はずっとそのままだ」

「絶対に無理です！　デュオンにもだけど、誰かに見られたら……」

とにかく、早く出て行って、これ以上見ないで……と、彼へ懇願《こんがん》の視線を送るも、デュオンは不敵に笑うだけだった。

「いや、今夜は俺たちの他には誰もこない。商館も早く店じまい、お前と俺の貸切だ」

「嘘……店主にお礼を言う機会だって……」

「俺がお前の代わりに、礼を言っておいた」

――二人きりなんて騙された……！

「帰ります」

エリヴィラは立ち上がると、身体を隠しながら出口へ向かおうとする。

けれど、先回りしたデュオンに腕で行く先を塞がれ、逃げ道を失った。

「待て。贈り物だけでも受け取ってから帰れ。それとも俺の好意を無にするつもりか？」

「……贈り物？」

今着けているドレスのことだろうか？　確かにこれはデュオンが勝手に買ってしまった物ではあるけれど……。

戸惑っていると、今度はエリヴィラのもとを離れ、デュオンが壁際に立つ。

「そうだ、これが勝者であるお前への俺からの贈り物だ」

「え……わっ！」

壁に飾られた更紗をデュオンが引くと、そこから無数の贈り物が現れた。

煌びやかな宝石・金銀細工、艶やかな特級品のシルク、毛皮の束、美しい絵画や彫刻。見事な金刺繍のドレスに……下着まで。

さすがに生き物はいなかったけれど、それ以外の贈り物として相応しいもの全てがそこに山と置かれていた。

その幾つかが更紗に引っかかり、コロコロと転げ落ちてベッド脇に散らばる。

「……もらえません」

――――こんなに沢山のものを。

「だったら何が欲しい？　言ってみろ。エリヴィラ王女、お前になら何でもやろう」

ここで、オルディー王国の王女として自分の使命を考えるならば、〝小麦に関する詳しい話と資料〟と言うべきだったのかもしれない。

案外、そんなものかと言ってデュオンは見せてくれるかもしれない。

けれど、彼が真剣に求婚してくれているからこそ、それを利用するような汚いことはしたくなかった。たとえ、グレガスタン帝国がオルディー王国に汚いことをしていたとしてもだ。

エリヴィラは何も言えずに、ただ首を横に振った。

「何も俺からは受け取れないって言うのか？　それともお前は無欲なのか？」

少し焦ったような、すねたような言葉で彼が尋ねてくる。

いつも余裕たっぷりの俺様なデュオンのその様子がおかしくて、くすっとしてしまう。

同時に少し不器用だけど、この人は自分のことを本気で好きなのだと実感した。

「どちらも違うわ。オルディー王国第一王女として、グレガスタン帝国皇太子から無条件に贈り物はもらえないという理由です。それに、こんなに沢山、国へ持って帰れない」

「だったら、俺の妻になれ。そうすれば問題なくなる」

贈り物の山を離れ、デュオンがまたエリヴィラに近づいてくる。

「それは……まだ……待って……そんなに焦らないで、欲しいの」

正直、心の中では迷っていた。

惹かれている気持ちに、素直になってもいいのではないかと。

「贈り物も、俺の気持ちも受け取れないというのか、お前は？」

迫ってくるデュオンを満足させるには、何かをもらわないとダメそうだ。

ふっといいことを思いついた。

「……いただきます。もらうのは貴方の時間！　時間をくれる？」

抱きしめられてしまう距離までデュオンが来たところで、エリヴィラは声を上げる。

「二人で祝賀会をするんでしょう？　その貴方の時間、思い出をください」

――最初に会った時みたいに、話をしたい。

そう思っていたけれど、デュオンには違うふうに聞こえてしまったみたいだった。

「時間？　いいぞ。俺の濃厚な時間をお前だけにやる。確かにそれが残っていたな」

「……え？　ひゃっ！　んん――」

いきなり、彼の腕が背中に回され、力強く抱きしめられたかと思うと、熱い唇が押しつけられた。

――違う……のに。

思い出イコール男女の行為、として受け取ってしまったみたいだ。

間違いを伝えようとしたけれど、唇は塞がれ声を上げられない。

「は、はぁ……デュオン、ちが――んんっ……ん……」

やっとキスが途切れたかと思ったけれど、またすぐに塞がれてしまった。

ただでさえ恋人たちがする行為に経験も、免疫《めんえき》もないエリヴィラは彼の熱さにやられ、頭が茫然としてきてしまう。

緩んだ唇の隙をついて、彼の舌が侵入してくる。

「んん……ん!?　んんっ――あぁ……」

彼の舌が自分の中で暴れていた。

全てをまさぐるようにして、口内を彼の舌が撫でていく。

その卑猥で背徳的な感触に震える。熱はさらにエリヴィラの中に入ってきて、自分のものと溶け合った。

――――あ、あぁ……頭の中まで……溶かされる。

やがてデュオンの舌先はエリヴィラの舌を捕らえ、誘うように、悪戯するように触れてくる。段々と絡み合い、淫靡なキスになった。

「ん……あ……んっ、んっ……はあぁ……」

唇が離れる度に熱い吐息が漏れ、それをも食べようとするみたいに彼がまた唇を奪う。

部屋が違うところに移動したのかと思うぐらいに、身体が熱く感じた。

舌が絡み合うくちゅくちゅという淫らな水音が部屋だけでなく、誰もいない商館中に響いてしまっている錯覚《さっかく》に陥る。

「ん、はあぁ……んっ……んんっ！」

頭の中は全部、デュオンの乱暴で淫らな口づけの感触に支配されてしまって、甘い吐息を漏らすことしかできなかった。

気づくと、エリヴィラの身体はベッドのすぐ横にまで移動させられていて……。

「ん、んんっ!? ん――――」

デュオンの口づけが上から押しつけるようなものになり、唇で押し倒される。彼の腕が最低限身体をベッドにぶつけないようにだけ、支えてくれていた。

「エリヴィラ、お前は何もしなくていいぞ。ただそこにいろ」

――一体……何を?

考えるのを止めさせられてしまったエリヴィラが必死に頭を働かせていると、もう一度、今度はベッドに縫い付けるようにして彼の唇が降ってきた。

強く、間を埋めるような、密着したキスをする。

ぴったりと合わさり、熱を共有する。

――私……このまま……されてしまう……。

もちろん、男の人とベッドを共にした経験などエリヴィラにはなくて、何がどうなるのかよく知らない。

ただ、好きな人、愛する人と気持ちを確かめ合う行為だと聞いている。

――デュオン……と結ばれ……る?

閉鎖された時のキスと同じように、嫌ならはねのけられるのに、それがエリヴィラにはできなかった。

――嫌いじゃないだけで満足だって言ったのに……。

思い浮かぶのは、なぜか彼への文句だけ。

「ん、んんっ……んぅ……ん……」

撫でるように、デュオンの唇は動きながら唇を奪い続ける。

無意識に硬くした身体は徐々にほだされ、力を失った。

「やはり、俺たちは相性がいい。キスだけでわかる」

――そう……なの？

「触れているだけで、理性が吹き飛びそうだ。いや、もう冷静なものは何一つ残ってない。お前を大事にしたいという気持ち以外は」

――理性？　大事？　私が？

茫然とする頭の中に、彼の言葉が入ってくる。

彼の身体が覆い被さってきて、押しつけられた。

――温かい……。

デュオンの重さが心地良い。温かい。

イーネスから送られた衣装は肌を隠す場所が少なく、直接彼を感じることができた。エリヴィラの胸の膨らみは彼の胸板に押しつけられ、他の腕や腰も彼の手が直に触れる。

でも、その手つきは決していやらしいものではなかった。

優しく、子供を愛《め》でるような、そんな触れ方をされる。

ドクドクと胸が高鳴り、身体の芯が震えた。

「デュオン……はぁ……」

「エリヴィラ……」

やっと解放された唇は近い場所のまま、額を合わせる。

熱い吐息が顔にかかり、くすぐったかった。

「好きだ。お前でないとダメだ。お前以外を妻にするつもりはない。できないなら、一人で想い続けるほうがいい」

――――そこまで私のことを？

その気持ちに応えたくて、胸がドクンと鳴った。でも、言えない。エリヴィラには今、抱えているものが多すぎる。もちろん、それはデュオンもだけれど、彼はそれを乗り越え、自分を求めている。

――――私も……好き、なのに……たぶん、最初に会った時から……。

〝運命の人〟〝一目惚れ〟そんな言葉が浮かぶ。

執務室に忍び込んで偶然会い、話した時から惹かれていた。

彼とならば、自分の望む人生を歩める。支え合って同じ方向を向いていける。もちろん、たまには喧嘩するかもしれないけれど。

もし、これが単なる外遊での出会いだったら。

そう思わずにいられない。今度は胸が強く締めつけられた。

「だから、奪うぞ。唯一俺が愛する人よ」

耳元でそう囁《ささや》くと抱き合ったまま、デュオンは二人の衣服をはだけ出した。

彼が着ていた商人用の簡素な服を脱ぎ捨てる。

逞《たくま》しい筋肉質な上半身が視界に入った。

もう普段から考えれば、気絶するのに十分なくらい淫らなことをされているはずなのに、エリヴィラはデュオンの裸を意識して顔が真っ赤になってしまった。

「……デュオン」

「心配するな。優しく愛する」

エリヴィラのほうは簡単だった。上半身は胸しか隠していないし、下半身も長い布で覆われているけれど、左右に切れ込みが入っている。

デュオンがエリヴィラの下の布だけをまくり上げると、下着を脱がしていく。するりと脚を滑る布の感触は、とても官能的に思えた。

もう抵抗する力も意志も、残っていない。

――あ、ああ……デュオンと結ばれてしまう……私。

そう覚悟した時、下肢に熱いものを感じ、そして、それがすぐに自分の中へと入ってきた。

「あ、あぁ……ああ……」

思わず声を上げてしまうほどにそれは熱く、硬く、エリヴィラの秘所を刺激した。

猛烈な快感と強い刺激が彼女の頭を真っ白にする。

愛液に濡れたお互いのものは、まるで一つのものだったかのように密着し、奥へと進んでいった。

「ん、あ、あっ……あああ――――!」

今まで経験したことのない強い感触と気持ちに驚き、エリヴィラは声を上げながらデュオンの背中に手を回して、ぎゅっと抱きしめた。

肌と肌が密着し、彼の感触が増えていく。

お互い好きな気持ちで溢れていたせいか、長いキスの愛撫《あいぶ》のせいか、それほど痛みを感じることなく、彼の肉棒はエリヴィラの処女を貫き、奥へと触れた。

「あっ、ああっ……あぁあ……」

デュオンの動きはそこで一旦止まる。

するると、自分の中にある彼の存在がはっきりと主張してくる。

――あぁ、デュオンが中にいる……私の中にデュオンが……。

つながったという言葉が思い浮かぶ。

鼓動も、呼吸も、熱も、彼の全てを感じることができた。それはエリヴィラからデュオンへもそうだとわかる。

二人は今、二つの存在の中で一つになっていて……。

安堵の気持ちがこみ上げてくる。

自分はデュオンに愛されていて、デュオンの中で生きていると。

「大丈夫か？　痛くはないか？」

心配そうに尋ねてくるデュオンへ、エリヴィラはゆっくりと頷いた。少しでも動くと肉棒が膣壁を刺激して、びくびくと淫らに震えてしまう。

「なら、こうしているより動いたほうが気持ちよくなる。慣れるまで少し抑えめにするが、我慢しろ」

「え……あっ！　ああああ！」

デュオンが額にキスをすると、合図のように腰を動かし始めた。

膣内を肉棒が抽送し、激しい感触が身体の中を駆け巡る。

「あっ！　あっ！　あっ！　あああ、ああっ！」

はしたないとわかっていても、声を出さずにいられない。そうしないと、伝わってくる快感に呑まれてしまいそうだったから。

デュオンの肉棒は何度もエリヴィラの中を前後し、密着していた互いのものが擦《こす》れ合う。

その時に生まれる刺激と快感は、生きている証みたいに激しかった。

処女を証明するような赤い筋が二人の結合部から流れ落ち、シーツを汚していく。

しかし、その心配をする余裕もなく、エリヴィラは彼の激しい行為にさらされた。

次第に彼の腰つきは激しくなり、キスの時みたいにベッドにエリヴィラを押しつけた。

肉棒がさらに深くまで入っていき、一番奥に到達する。

「ああ――――っ！」

先端が膣奥に触れた途端に弾けるような刺激が起こって、びくびくっとエリヴィラの身体は痙攣《けいれん》した。

――な、なに？　今の……あ、ああっ……敏感に……ぁあっ！

軽く絶頂に達してしまったことも気づかず、エリヴィラはデュオンに身を任せる。

その身体はより敏感に、刺激へ反応するようになってしまう。

――これ以上……ダメ……おかしくなってしまう……耐えきれない！

「あ……ああっ……ぁああ、ん！」

声にならない嬌声を上げ、エリヴィラが呻く。

リズミカルに動かされるデュオンの腰は休むことなく、彼女の身体を刺激し続け、今度は強い絶頂を連れてくる。

羞恥心や、理性といったものが吹き飛び、エリヴィラは無意識に彼の感触だけを追い続けていた。

「……っ！」

辛そうに彼の顔が歪む。

膣奥深くに突き刺し続ける彼のものは、エリヴィラの感じる場所を執拗《しつよう》に責めながらも、

限界に近づき、さらなる主張をする。

――こ、こんなにも、激しいものなの――――！

叫びたくなるほどに強い快感がこみ上げてくる。

我慢するのは無理だとわかった。

脱力していた身体に力が入り、緊張していく。

「エリヴィラ……俺は、お前のものだ」

息を荒くしながら、デュオンが最後に告げる。

そして、上からエリヴィラの身体を強く抱きしめた。

――あ、あぁ……今、抱かれている……心も身体も……全部、デュオンに。

腕の締めつけも、押しつけられる肌も、つながっている秘所も、全てがそう告げてくる。

「あ、あ、あ、ああああああ！」

「エリヴィラ……っ！」

エリヴィラを幸せな気持ちにして、それは爆《は》ぜるように終わりを告げた。

【第四章】皇子様は〝狩り〟がお好き

まだ薄暗い早朝。エリヴィラは宿屋で荷物をまとめて、足音をたてないように階下へ下りた。

一張羅《いっちょうら》の貝桃色《シエルピンク》のドレスに裏返しのショールをきつく結んで、フード付きの外套《マント》を深くかぶる。

——もう、この国にいてはいけない。気持ちが乱されてしまう。

どうにかして帝国を出よう。

封鎖といっても、全部の道を封鎖するのは難しい。目星はついていた。

——これ以上デュオンの近くにいたら……。

「…………っ」

たぶん、離れられなくなってしまう。

もう手遅れかもしれないけれど、これ以上心を乱されたくない。

自分の感情が勝手に高まったり、彼の掌《てのひら》で踊らされているのが歯がゆくて、でも安心したりもしてしまう。

怒るところなのに、気持ちは……許してしまう。

——絶対にダメだわ。

もう彼の近くにいたくなかった。

だって、気持ちが変になる。

一階にはまだ誰もいないと思っていたら、カウンターの向こうからスープの匂いが漂ってきた。

ミルクを入れた優しい香り。

「朝帰りで、ほとんど眠らずに早起きさんね？　お出かけなら、スープぐらい飲んでいってくださいね」

「フリッカ……」

お見通しだったことに、気恥ずかしくなる。

彼女へ綴《つづ》った、黙って出て行くことを詫びた手紙をポケットの中でくしゃりと潰す。

「ありがとう、いただきます」

有無を言わさず運ばれてきたスープを席について食べると、野菜がほんのりと甘く、身体に染み入る味がした。

カウンターの中の椅子に、フリッカが腰を下ろす。

「出て行く格好ね。でも、どうやって封鎖から出るの？　早朝でも深夜でも門が開かないなら同じことですし……」

「それなら考えがあるの。昨日デュオンから聞いたんだけど、北の森には城壁がないらしいの。だから、山越えするつもり」

我ながら名案だった。

昨夜、城壁の上から一帯を眺めて気づいたことだ。

「危険ですよ……迷ってしまうかもしれませんし、獰猛《どうもう》な動物がいるかもしれない……」

困惑顔になったフリッカへ空になった皿を渡す。

「ごちそうさま。美味しかったわ！　フリッカのスープを飲んだから、身体も元気になったし大丈夫」

「……お代わりはいかがです？」

フリッカが皿を持ってスープ鍋の近くに行こうと椅子から立ち上がるのを、エリヴィラは慌てて言葉で制した。

「いいの、本当にもうお腹いっぱいだから。早く出ないと城下に人が多くなってしまうし。急に出て行くことになってごめんなさい、手紙を書くから……お世話になりました」

困ったような顔をする彼女へ、エリヴィラはぺこりと頭を下げると、外套《マント》をかぶり直して宿屋から出た。

「手紙……か。わたしも商館づてで……皇太子様に書いてみましょうか。姫様こそが、お似合いだと思いますもの。この国の花嫁に」

フリッカの呟きは、もうエリヴィラの背に届いていなかった。

※　※　※

皇太子へのフリッカからの手紙は事《こと》の準備が整ったところで、ちょうどそれを確信させるように届いた。

朝の日差しが昼の光へ移り変わる頃。

デュオンは城から、馬車が二十台も連なる隊列の先頭を、弟皇子のルイスと騎馬を並べて、ゆっくり進んでいるところで――。

「承知した！」

自信満々の笑みを浮かべて突然叫んだデュオンへ、ルイスが戸惑いの顔を見せる。

「何の知らせですか？　兄上の声は大きくて、僕の馬が驚きます」

「軟弱な馬だな。それにその格好。お前は狩りに参加しないのか？」

デュオンは馬を並べるルイスを見た。

この隊列に加わる男は誰もが狩猟のための格好をしているのに、弟だけは皇族の昼の装いをしている。

「そんな野蛮な行為に、僕は出ません。兄上こそ、足留めした姫君たちの父上や、男兄弟の暇をもてなすのにグレガスタン式の狩りなど……悠長なことをせずにさっさと花嫁を決めれば済む話です」

「ただの狩りではない。今朝、父上や重鎮と話をつけた。これが大市に続く二度目の花嫁勝負だ」

デュオンの言葉に、ルイスの顔が驚きに変わる。

「僕抜きで話し合いを⁉　聞いていません……！」

「お前は朝、眠っていただろう？」

ルイスを呼ばなかったのは、横槍を入れられたくないからだった。

何かにつけて張り合ってくる弟の微力な存在すら恐れるほどに、エリヴィラを手に入れるためには細心の注意を払いたかったから。

デュオンは馬を歩かせながら、深夜から今まで、目まぐるしく考え、準備を整えたことを思い返した。

……。

………。

──まず、深夜にもう一度あいつを抱いてやろうと思って目を開けたら、腕の中にエリヴィラはいなかった。

すでに彼女の気配は消えていたので、まだ温かい寝床に顔を埋めて、思案した。

姿を隠すかもしれない。

──俺から距離を取るだろう。

「……っ！」

そこで、逃げられることを危惧した。

昨夜、城壁の上で皇族の森の話をした時、エリヴィラが遠い目で暗闇に沈む木々を見つめたことが引っかかる。

城門封鎖で逃げられないとわかっていたが、森は別だ。

城壁はそこだけ薄いし、何よりたどり着くまでの獣道や、森の中が危ない。

足を踏み外したら転がり落ちる崖《がけ》もあるし、川も深い場所があるし、野生の動物に襲われるかもしれない。

さらには、エリヴィラの不在を皇帝や重鎮がどう取るか？

花嫁勝負は棄権《きけん》扱い……。

山越えが衛兵により見つかれば極刑もありうる。

――俺がエリヴィラを先に見つけなければ。

――さらに、花嫁勝負の舞台を早急に森にしなければ。

二つの優先事項に、賓客の滞在が延び、慌ただしい城内の状況を結び付ける。

デュオンを見つけては、我が娘を花嫁にと言ってくる者はあとをたたないし、姫君たちの待ち伏せにもうんざりしていた。

大市での花嫁勝負は、彼らの力で引き分けとされてしまっている。

引き分けならば、まだチャンスはあると、誰もが躍起《やっき》になり始めていた。

そこで、ひらめいたのが――。

「狩りだ……！」

〝皆様の滞在を心から歓迎します。つきましては皇族の所有する森にて、グレガスタン式の狩りを開催いたそうと思います。姫君たちにも美しい装いで散歩《ピクニック》にご参加いただきたい〟

誘いの文言はすぐに浮かび、朝一番で皇帝に許可を取り触れ回った。

装備の足りない者への配慮も、夜を徹して各商館づてに狩りの支度をかき集めたものを、配るように指示を出した。

男の狩りと、姫君の散歩《ピクニック》はグレガスタンでは、欠かせない組み合わせになっている。

男たちが狩りをしている間に、それを待つ姫君たちは野外で軽食やお茶を楽しむ。

そして獲物を持ち帰った男と夕方に合流する。

さらに、グレガスタン式は、狩りにも変わったルールがあった。

本来であれば、狐や雉《きじ》など決まった生き物を多く放しておいて狩るが、グレガスタンの森には多くの動物が自然のままに暮らしている。

よって、得点制が用いられた。

鹿は二十点、狐は十点、兎《うさぎ》は五点、獲物の大きさにより細かな得点があらかじめ取り決めてある。

そして、先に百点取った者が勝者となり、褒美が順位順に与えられる。

得点が百になった者は、狩りの途中でも必ず戻らなければならない。

生態系を守りつつ、殺生《せっしょう》も最低限に控えるためのルールだった。

提案をした時、皇帝は至極もっともな問いかけをしてきた。

『賓客をもてなすことは名案だな。封鎖され、退屈している者もいるだろう。グレガスタン式の狩りは帝国の誇りだ。しかし……それと花嫁勝負と何の関係があるのだ？』

デュオンはすらすらと答えた。

『我々を待つ姫君は着飾るのです。つまり……』

最後はわざと濁した。広い意味で捉えさせるために。

『つまり、美の審査が勝負というわけか、一番美しく華やかな姫へお前は獲物を捧げる……と？』

『はい。美しさの基準はそれぞれですが、姫君も賓客の方々も退屈させない、華やかな勝負になるかと思います』

基準はそれぞれだと、明確な花嫁の勝敗の基準の言及を慎重に避ける。

『まあいい。鈍い連中には、余から〝姫の装いに気をつけろ〟と言っておく』

『どうぞ、お好きに――』

始まる頃にはちょうど、花嫁勝負の内容が、姫君たちの噂話で広まるだろう。

『お前は狩りがしたかったのか？　交易にばかりかまけていると思ったが、わからん奴だ。あんなに拒んでいた花嫁決めにも、ずいぶんと乗り気になったようだし……』

『俺は花嫁を狩りたいのです。気に入った姫はどこへ逃げても見つけ出し、離さない』

本心だった。

皇帝へ高らかに宣言したことにより、力が漲《みなぎ》ってくる。

早く捕まえて、エリヴィラを妻だと見せびらかしたい。

『うーむ。デュオンよ……言葉の意味がわからぬが、爛々《らんらん》と目を輝かせているところを見ると、まるで花嫁は狩りの傍観者、栗鼠《リス》のようだな』

『確かに。臆病な彼女を巣穴からひっぱりだして、追い掛け回してやります』

噛み合っているのか、いないのか、わからない会話のまま……。

昼になる頃には、狩場へと向かう隊列が進んでいた。

…………。

……。


「――――――え」

デュオンは話しかけてくるルイスの声に、少し遅れて気づいた。

「――兄上、狩場が見えてきましたよ。何を笑っているのですか？」

「いや……高ぶらせていただけだ、気持ちを」

森の手前にある野原で馬から下りる。ここから先は馬車も騎馬も入れない。

縦だった隊列が横に広がり、狩りの身支度を整えるための距離をとりながら止まり、それぞれの馬車が賓客を降ろす。

「よーし、始めるぞ」

手綱を従者へ投げて、足を踏み出す。

宿屋の女主人からの手紙から確証を得た。エリヴィラは間違いなく森にいる。

――逃がすものか、俺が狩る！

「花嫁狩りの始まりだ……」

揚々《ようよう》さを噛み殺した唸りがデュオンの口から零れた。

※　※　※

クロエは輝　黄《プリムローズイエロー》色のドレスで、敷物の上にちょこんと座っていた。

黒い髪は結い上げてつばの広い帽子《ボンネット》に入れているが、ひと房だけ垂らした巻き毛が、いつもよりも華やかで気になってしまう。

「殿方が森へ入ったわ。頑張ってくださいませ～」

「デュオン様ー！　お待ちしております」

歓声が他の姫から上がり、クロエは少し離れた場所で身を竦《すく》める。

「ふぅ……」

どうしても自分が場違いに感じてしまう。

今身に着けているドレスだって、ピクニックには派手すぎる。叔父がとにかく豪華にと用意した首飾りも、髪飾りも、クロエには重すぎた。

――エリヴィラさまにも、イーネスさまにも、ジュゼアーナさまにも勝てと言われているけれど……。

そんなこと、できるはずない。

弱い自分には花嫁勝負は向かないと思うけれど、反発すらできない。

何もかも言いなりになるしかない……。

あの人の言う通りに……。

「それに……」

クロエはぽつりと呟き、持ってきたバスケットの持ち手を、レースの手袋をした指で撫でた。

――デュオンさまとエリヴィラさまは、両思いに見える。

二人が話しているところを見ると、誰も割って入る隙がないぐらい、ぴったりに思えた。

邪魔はしたくないし、何よりクロエはエリヴィラと友達になりたかった。

大市は一生忘れないぐらい……楽しい思い出になったから。

あんなに困ったり、大きな声を出したり、笑ったり、褒められたり、感情のままに動いて自分から話しかけたり……全部が初めての体験だった。

過ぎてしまった喪失感だけが、大きくて、悲しい。

その背中を押してくれたエリヴィラの姿が、今日はない。

――お話ができると思ったのに……。

令嬢たちの輪には、とても入れそうになかった。

エリヴィラを敵視している姫もいるから、彼女の悪口を聞かされたら、泣いてしまいそうだ。

「あら、お一人？　クロエさまのバスケットには何が入っているのかしら？」

ジュゼアーナの声がして、クロエは顔を上げた。

「あっ、ジュゼアーナさま！　イーネスさま、まで……ご機嫌よう」

話しかけられたことが嬉しい。二人と、ピクニックには相応しくないと思いながらも、昨日の大市の話がしたかったから。

「これはっ……鶏肉を焼いて小さなパンにはさんだサンドです。わたしが、作って……」

――調理場に入ったなんて知られたら、お二人には呆れられてしまうかもしれないけれど。

クロエは、自信作を誰かに見せたかった。慌ててバスケットを開ける。

太めの串で、パンと鶏肉をしっかりと固定して一口大にした。

「ソースは三種類ですね……美味しそう」

小さな声で、でもはっきりとイーネスが褒めてくれて、クロエは嬉しくなった。

「はいっ！　ええと……オレンジのクリームが入っているサンドが特に自信作です」

「ふぅん？　あら……パンがまだ温かい。うん……やるじゃないの」

ひょいと長い手袋で覆われた手が伸びてきて、ジュゼアーナが抵抗なく食べてしまう。

――あっ、食べてくれた……。

クロエはドキドキしながら、ジュゼアーナの感想を何度も頭の中で確認するように、反芻《はんすう》する。

「顔が緩んでいるわよ？　しゃんとなさい、誰が見てるかわからないんだから」

「着飾っても……誰も、いませんね。戻ってもこないでしょう」

ジュゼアーナが口を尖らせ、イーネスがぽつりと漏らした。

――あっ、同じこと考えてた。

「………………」

三人で黙り込む。

それぞれが、もう勝負にはならないことを感じ取っていた。

朝から、美しい装い勝負だと噂が飛び交っていたから、ジュゼアーナもイーネスも、とても華やかなドレスを身に纏っている。

「ただのドレス争いなら、あたしたちの誰かが優勝でしょう？　ただ、賭けてもいいけれどデュオンさまは来ないわね」

「賭け事はよくないわ……」

ボックスプリーツのドレスのジュゼアーナ。瑠璃《るり》色に銀糸のドレスのイーネス。

「……な、なんだか。待ちぼうけみたいですね？」

青空の下、野外なのに、一番豪華なドレスを着て、変わったピクニックだ。

うっかり、軽口を叩いてしまって、クロエは慌てて口を押さえたが、二人は笑っていてほっとする。

目が合うと、互いにくすくすと笑いが零れた。

「待ちぼうけね。上手いこと言うじゃないのー？」

ジュゼアーナが空を仰いだ。そういえば、彼女が取り巻きに囲まれずに行動するのは珍しい。

「わたくしは……デュオン様が皆様とは違う方向へ行かれたのが、興味深いです」

イーネスが森のほうを見る。

「グレガスタン式の狩りだからっ、獲物の取り合いを避けたとかですか？」

帝国の案内も兼ねてクロエは話題を振ったが、イーネスは狩りのルールを知っているみたいに、頷いてから、首を振る。

――少し、違う……って感じなのかな？

「もう～、退屈で仕方ないわね。あたしたちもグレガスタン式の狩りに倣って、新しいピクニックのルールを作りましょう」

ため息とともに、ジュゼアーナが大きな声を出し、皆の注目が集まった。

彼女が続ける。

「いいこと？　みなさん～！　ルールは、デュオンさまが渡したお茶を飲んでくれたら十点、夕食に誘われたら十五点、愛の詞《うた》を詠《よ》んでくれたら五十点」

あちらこちらから「キスは？」「手をつないだら？」と声がかかる。

ジュゼアーナが複雑な顔をして思案を始めたので、クロエもちょっと考え込んだ。

「……考えるだけでは、むなしいですわね」

小声だったイーネスの声はよく通り、辺りが賑やかになる。

噂話とか、きわどい話は苦手だったけれど、クロエも思わず笑ってしまった。

「あははっ…………あっ――――！」

小さく息を呑んだ。

たちまち、はしゃいでいた気持ちが沈み、凍りつく。

クロエの視界に、皆から遅れて狩り支度に着替えたルイスが猟銃を片手に森へ入っていくのが見える。

確か狩りには出ないと噂されていたのに、遅れて参加するのだろうか？

――――何も起こりませんように。

クロエはぎゅっと目を瞑った。

※　※　※

森へ入ったルイスは、皇帝の一団の背に追いついて、声をかけた。

「お待ちください、父上。僕も出ます！」

セレドニオが立ち止まり、彼を取り囲む近国の王や、従者が止まる。

「ほう？　お前、狩りは嫌いだったはずであろう？　どういった心変わりだ？」

驚いた顔の皇帝へと、ルイスは身を低くして続けた。

「皇族たる者の、嗜みを忘れておりました。王位継承権第二の皇子として、グレガスタンの名に恥じぬよう参加いたします」

「それは頼もしいな。デュオンに何かあった時、お前がこの帝国を統べるのだからな」

「はい、父上」

――――この狩りには何かある。

ルイスはデュオンと馬を並べていた時から気になっていた。

決定打となったのは、花嫁勝負について兄が伏せていたこと……。

いつもなら、兄の企みは、ルイスなど眼中にないのに。あえて知らせず、かかわらせなかった。
誰もが、兄だけを唯一無二の優秀な皇太子だと疑わない。
強引な貿易をしても、無粋でも、好き勝手に政《まつりごと》を動かしても。
それは、デュオンが揺らぐことなき完璧な存在だからに違いない。
――でも、今は……。
違う。
現に猟銃もなしで森へ入っていった。皇帝と違う方向へ。
何かがある。
突然決まった二回目の花嫁勝負。
デュオンは何かを守ろうと手を回している。
たぶん、エリヴィラ姫……貧乏な国の姫にうつつをぬかし始めている。
――弱点だ。やっと、完璧な兄の隙を見つけた。
――ここで兄に恥をかかせ、僕が活躍すれば、王位継承権の順番はどうなるだろう。
一人、馬上でニヤリと笑みを浮かべた。
「鹿を追いますので、失礼します」
ルイスは皇帝の前でさっと頭を垂れてから、茂みへと入った。
彼が去ると、何事もなかったかのように一団がゆっくりと進み始めるのが見える。もうすっかりルイスのことなど忘れ、狩りの話題でもちきりな会話が漏れ聞こえてきた。

「くそっ……！」

――誰も僕に注目しない。

――優秀すぎる兄上のせいで……。

腹が立つ。煮えくり返りそうだ。

「ははっ、皇太子もご執心ですなー」

また、声が聞こえてきた。

皇帝へ話しかけているのは、勘のよい近国の王だ。

「うむ。デュオンの執念深さにはいつも驚かされる。ここへ来て、すぐ担がれたとわかったが怒りも湧かん、ただ感心だ。皇帝たるものそのぐらい強引でよい。ははは！」

セレドニオはこの狩りがおかしいことに気づいていて、笑っている。

「大市でちらりと見ただけですが、皇太子を拒み続ける姫君もなかなか興味深い。彼に見込まれるとは、オルディー王国の盛り返しも近いかと……お会いしたく思います」

「デュオンは栗鼠《リス》だと言っておった」

「ははっ！　さすが、ご子息ですな」

皇帝がまんざらでもなく、デュオンを褒めている。

――兄上のことばかり。

ルイスは猟銃を握りしめた。

「…………」

――エリヴィラ姫、か。

オルディー王国の姫が一人お忍びで帝国に来たとなれば、理由は一つだろう。

「目障りだ……とても目障りだよ、エリヴィラ姫」

――彼女がデュオンから逃げたいなら、僕が手伝ってあげよう。

兄が傷つく顔が楽しみだ。

※　※　※

様々な思惑が錯綜するのも知らず、エリヴィラは森の中にいた。

方角を見失わないように太陽の位置に注意しながら、なるべく真っ直ぐに進んでいく。

時々空を見て歩いているせいか、度々茂みに足を取られてなかなか進まない。木々の間にびっしりと生えているシダの葉が、ドレスの裾に入り込んでチクチク痛かった。

「……っ！」

大きな木の根が飛び出ているのを踏んでしまい転びかかった身体を、枝を掴んで保つ。

短い草なら地面が見渡せたが、枯葉《かれは》がふかふかに積もった土と背の高い草の茂みに、体力を奪われつつある。

キキッと鳴き声がして、エリヴィラが掴んだ枝の木の幹にある木穴から栗鼠《リス》が顔を出す。

エリヴィラと目が合うと、小動物はまたひと鳴きしてから、すごい速さで木の上へ登っていってしまった。

「ご、ごめんなさい……騒がせてしまって」

自分が踏み込まなければ、栗鼠《リス》も安心して巣穴で眠っていられたのにと思うと、申し訳なくなる。

「……ひゃっ！」

栗鼠《リス》に続くかのように、ザザッと枯葉が舞い上がる音がして狐が一匹駆け抜け、驚きの声を上げてしまう。

木の上にいる鳥たちが、羽を広げてクワクワと鳴き始めていた。

何だか森が騒がしくなっている気がする。

「えっ？　何？　私……じゃないよね？」

ざわめく森に戸惑い足を止めると、自然の動物たちの鳴き声とはかけ離れた音が、辺りに響いた。乾いた響き。

パンッ――――！

「何っ……!?」

さらに銃声が遠くで何発か鳴り響き、エリヴィラは小さく叫んで身を縮めた。

――もしかして、山狩り!?

エリヴィラが森へ入ったのが誰かに見つかったのだとしたら……。

銃声は遠いままだったが、段々と近づいてきているようにも思えてくる。

何より、森の中にいる動物たちの緊張した気配が、先ほどまでとは違う空気を作り出していて、エリヴィラを不安にさせた。

――音から遠くに逃げなければ……。

耳を澄まし、走り出す。

すぐに追いつかれる距離だとは思わなかったけれど、追っ手だとしたら、なるべく離れておいたほうがいい。

落ち葉を舞い上げてエリヴィラは走った。

さっきよりも、森が開けていて、木々の間隔が広いところへ出る。

「方角だけは……見失わないようにしないと……！」

考えながら走っていると地面が緩やかな傾斜になっていて、段々と速くなる。

「わっ……きゃ……っ!?」

踏ん張ろうとしても、止まらない！

エリヴィラは木々の間を森の動物にでもなった速さで転げるように走った。

――お願い、止まって……このままだと、木にぶつか――。

「んんっ！　ふぅ…………っ、はー…………危なかった……」

頭をぶつけたのは、木ではなくて。

ほっとする懐かしい匂いと、鼓動で――。

――トクトクして、温かい……。

「大丈夫か？」

「えっ？　デュオン!?　嘘っ……ど、どうしてっ！」

エリヴィラは彼の胸の中へ突進していた。

彼女を受け止めても、びくともしない胸板から慌てて離れる。

「お前が飛び出してくるのを、ここで待ち構えていた。山で斜面を走ったら危ないぞ」

「……助けてくれたことには、感謝します。でも、どうして貴方がこの場所に？」

エリヴィラはさらに半歩デュオンから離れて乱れた服装を直し、外套《マント》を整えた。

「今日はグレガスタン帝国主催の狩りだ。皇族の森に俺がいて何がおかしい？」

「……狩り？　そう、ですか？」

ここが皇族の所有だとは彼に教えられ知っていたけれど、今日が狩りの日だとは思いもしなかった。噂だって、街に流れていなかったのに。

――もしかして、先回りされた？

深く追及したいのを、エリヴィラは堪えた。

この状況からすると、森にいておかしいのはエリヴィラのほうだ。

デュオンは言葉の通り、猟銃は持っていないにしても狩りの格好をしている。

「狩りだから、銃の音が……したのね」

「ああ、連中は獲物の多い反対側で狩りをしている。俺は銃声で驚いた獲物が飛び出してくるのをこっちで待っていたわけだ」

獲物という響きに、引っかかりを覚えた。

デュオンの双眸はじっとエリヴィラを狙い定めるように見ている。

まるで、獲物は目の前にいると言わんばかりの野獣の緋色の瞳。

「……き、狐なら……上のほうを走っていましたよ？」

「いや、狐など追わん。俺が捕まえるのは花嫁だ」

ザッと、デュオンが枯葉を踏み近づいてきて、エリヴィラは反射的に距離を取った。

がさがさっと落ち葉を踏む音が響く。

「……おい。傷つくぞ？　そこまで避けられると」

「デュオンがおかしなことを言うからです」

彼の顔を見た時、温もりを感じた時、安堵した気持ちを頭の中から追い出す。

「正式に決まったことだ。大市での花嫁勝負は残念ながら引き分け、続く二回目の花嫁勝負が、先ほど始まったばかりの狩りだ」

「信じられません……花嫁勝負で狩りなんて……」

花嫁候補たちが猟銃を持って森へ入ったのだろうか？

そんな危険なことは考えられない。

「信じなくてもいい。だから、俺は当然お前を狩りにきた」

「……っ！」

また、デュオンの手が伸びてきて、身を縮めてかわす。

「かわすか？　それも一興だな」

火がついたように彼が不敵な笑みを浮かべた。

鼠をいたぶる猫、手負いの小鹿をいたぶる豹《ひょう》。そんな表情だ。

――どんなルールなの？　狩りは本当みたいだけど。花嫁を狩るなんて。

口ぶりと態度から、エリヴィラはデュオンが本気で自分を捕まえに来たのだと思った。

――ダメ。彼にもう捕まったら……私……。

「…………」

エリヴィラは頭の中で目まぐるしく考えた。

――捕まらないように、花嫁にもならないように、逃げないと。

彼から目を離さないように後ずさる。

「……花嫁勝負の詳しいルールは何なのです？」

「いいぞ。お前も乗り気になってきたか」

デュオンが一歩近づくと、エリヴィラが一歩離れる。

会話の届く距離は、縮まることがない。

「そんなわけありません！　ただ、知っておきたいだけで……」

「聞いたなら、俺の花嫁になるために協力しろよ？」

「協力？」

彼の言葉に嫌な予感しかしない。

「ルールは簡単、グレガスタン式の狩りだ」

「……グレガスタン式？」

この森を城壁の上から見た時に、彼が言っていた気がする。

それと花嫁勝負と、一体何の関係があるのだろう。

「グレガスタン式の狩りは大まかにこうだ。得点制になっていて、獲物に総じて得点が決まっている。最も多く点を取ったものか、先に百点になったものが勝者だ」

不敵な笑みを浮かべながら、デュオンが説明する。

嫌な予感はより強くなっていく。

「花嫁勝負では、動物の代わりに花嫁候補の姫を森へ放った。俺が気に入った姫を追いかけ、手をつないだら十点、抱きついたら十五点、キスしたら二十点、愛撫したら三十点、どうだ、グレガスタン式だろう?」

――はっ!?

エリヴィラは目を見開いて硬直した。

冗談にしか聞こえない、幻聴でも聞いてしまったのかと目をパチパチさせる。

「聞こえなかったか? 手をつないだら十点、抱きついたら十五点、キスしたら二十点、愛撫したら三十点、それより先は百点で勝ち抜けだ。俺が求めるのはお前一人――観念しろ」

「嘘です! そ、そんなこと……」

後ずさりしながら、エリヴィラは身を翻すタイミングを計った。

危険だと……本能的に察する。

「嘘だと思うなら、なぜ逃げようとする?」

「本当だったら……困るから……」

喘ぐようにエリヴィラは漏らした。

他にお姫様がいたら怪我でもしたら大変だし、もっと大騒ぎになっているはずだから、デュオンが花嫁を放ったというのは嘘だと思う。

——待って……。

すでに放たれていたとしたら？

エリヴィラが森へ逃げたことを、デュオンが察して行動に移したのだとしたら？

——嘘は言っていない……。

「俺の愛が足りなくて、百点に満たずにお前が森から出ることができたら、見逃してやる。さあ、逃げるか？　降伏か？」

「……っ！　逃げるに決まっています！」

エリヴィラは靴のつま先を枯葉の地面に食い込ませ、蹴った。

その勢いで斜面を駆けあがる。

「ははっ！　活きがいい花嫁だ、逃げろ逃げろ！」

木立ちを震わせる大きさで、デュオンの声が森に響く。

加減をして追っているのか、狩りの装備が重いのか、追いつかれなかった。

「足が速いな、エリヴィラ」

「褒めても止まりません！」

緑の木々がザッと揺れて、葉の隙間から地面に届く光がキラキラする。

その中を走ると、橙色と白、深い緑と黄緑の輝きが入り交じり、丸い光の粒となって視界が眩しくなる。

森の中を追いかけっこなんて、子供じゃあるまいし！

でも、捕まるわけにはいかない。

「むきになって逃げるな、どうして俺から逃げる！」

「危険だからっ……！　貴方のことしか考えられなくなりそうでっ！」

全速力だったエリヴィラは、すぐに息が切れてきた。

それでも懸命に足を動かし、追跡者の様子も窺う。

木と木の間から、高い草の後ろから、彼の姿が見える度に、危険だと思いながらも安堵している。

不思議な気分だった。

――危険だから。

――デュオンの罠に捕まってしまいたいなんて、思えてくるから。

「俺はとっくにお前のことしか考えていない。何が悪い？」

問いかけるような声は、今度は森に響くのではなく、耳のすぐ近くから聞こえた。

「え……どこ……？　ひゃっ……!?」

デュオンの姿が草むらで消えたと思ったら、エリヴィラがもたれかかった木の後ろから現れる。

そのまま、背後から抱きしめられた。

「やっ……うぅ……」

乱れたフードを鼻で押しやったデュオンの唇が、首の後ろに触れ、息がかかる。

「抱きしめた――十五点だ。俺が危険だという理由を聞くまで放さない」

「狩りに参加するなんて言ってな……っ、あっ……」

ちゅっと音をたてて、髪の付け根から首筋を舐められた。

へなへなと身体から力が抜けそうだ。

やっぱり、追いかけていた足の速さは、本気じゃなくて……。

――本気でこられたら、捕まってしまう。

「俺から逃げる理由は？　ふーっ……」

「っああ！」

デュオンの息が首にかかり、エリヴィラは身をよじらせた。

「貴方を……見ていると、調子が狂います……感情がたかぶって自分じゃなくなる、こんなことをしにグレガスタン帝国へ来たわけではないのに……」

「楽しくて困るという解釈か？　気にするな、俺も楽しんでいる」

今度は耳が熱を帯びる。

彼が耳へ息を吹きつけたのか、エリヴィラが耳まで赤くなったのかわからないぐらいに熱い。

「やっ……も、もう、理由は言いました！　離してっ……」

もがくと簡単にデュオンの手は離れ、エリヴィラは顔を赤くしたまま走り出す。

今度は背後を取られないように……。

――――もっと深い森の中へ！

「ああ、森の深いところは危ないから、手前に罠が――――」

「きゃぁああっ!?」

デュオンが何か言いかけたところで、エリヴィラの足が地面から浮いた。

同時に、顔と胸と足に太いロープのような感覚がある。

「おっ、早いな。もう罠にかかった……」

可笑しそうにひとりごちて、デュオンが上機嫌でエリヴィラの近くへ大股で歩いてきた。

「な、何これ……引っかかって……」

ハンモックに寝ていて、上からさらにハンモックで蓋《ふた》をされたらこんな風になるかもしれない。

あるいは、悪いことをして、ロープを巻きつけられて木から吊るされた、仕置きであるとか――――。

「いい格好だ。身動きできないのは、そそるな」

デュオンがロープの食い込んだ外套《マント》の胸部分を、それを剝《む》くようにして撫でてくる。エリヴィラの貝桃色《シエルピンク》のドレスの胸元を目ざとく見つけ、長い指でショールの隙間をかいくぐり、布を引く。

「これをひん剝いてやりたかった」

「なっ……なっ……」

おろおろしている間にも、デュオンの手は入り込んでくる。

やがて、半分ほど露わになった胸の谷間を撫でられた。

「ああっ……！　やっ、何するんです！」

「何って、愛撫だ。一気に三十点。これで合計四十五点。一気に稼いだな、半分近い」

得意げに笑い、デュオンが胸の上部分から首をまさぐってくる。

「吸い付くような肌だ。滑らかで……柔らかい」

「くすぐった……っ、んっ……んぅ……」

暴れるほどにロープが食い込んで、押された胸がハムになった気分で苦しい。

「もう……っ、愛撫は終わりにして……十分、したでしょう……あっ……」

――――こんなの恥ずかしすぎる。

「俺の花嫁は感度がいいな。待ちきれない……味見ぐらいいいだろう」

ちゅっと音をたてて、胸の上部にデュオンがキスをする。

それから、痺れるような感覚があり、吸われているのだと感じた。

「やっ……吸わないで！　あとが、ついちゃ……んんっ」

「もうつけた」

デュオンが唇を離すと、ぎりぎりエリヴィラの視線が届く場所に、薄桃色のキスの痕がついている。

「味見……だめです……まだ狩られていません……っ、から」

身をよじって非難すると、デュオンは「そうか」と独りごちて荷物の中から短剣を取り出した。

「ルールは認めてくれたんだな。よかった。では、次なる点を稼ごうとしよう。解放してやる」

「認めてませんっ！」

短剣でロープを切って逃がしてくれるのかと思ったら、彼は慎重に胸の部分だけロープを切っていく。

「動くなよ？」

「なっ！　デュオン……」

ロープを切る微かな振動を胸に感じ、それから解放感が胸にだけあった。

デュオンが一歩下がり、しげしげと眺めてくる。

「いい格好だ」

「ふざけてないで、全部切ってください！」

恥ずかしくて耳まで赤くなって叫んだ。

「怒っても可愛いな。俺の獲物は」

なぜか、デュオンは嬉しそうだった。

エリヴィラはがむしゃらにもがき、ロープの裂け目を広げてそこから頭をくぐらせた。

「ん……っ」

――――抜けた！

外套《マント》だけ取り残し、エリヴィラの身体がロープから抜け落ちる。

デュオンに支えられる前に、着地してすぐ走り出す。

「ははっ、威勢のいい栗鼠《リス》だ」

背後に迫ってくる彼の足音を聞きながら、エリヴィラは足を止めずに、目だけで素早く辺りを見回した。

――――同じ手は、もう食わない。

仕掛けのありそうな木を避けて、林になり、丘に変わる、なだらかな場所を選んで走る。

途中で飛び越えられる広さの、水が沁み出している小川を幾つも飛び越えた。

追い回される彼の獲物はこんな心境なのかと、つい考えてしまう。

「おーい、足が速いな。だが、あまり森から離れると……」

「きゃあああっ!?」

デュオンの可笑しそうな声がした瞬間、エリヴィラの身体ががくんと揺れた。

——地面が……ない!?

そこは切りたった崖だった。

足を踏み外して落ちそうになる刹那《せつな》、空中で手を摑まれ——。

デュオンがエリヴィラの手を引き、崖の上にずるずると持ち上げてくれる。

「うっ……うう……」

全身から血の気が引いていた。

よろよろと、近くの日当たりのいい花畑の上へ座り込む。

——怖かった。

——落ちるかと思った……!

身震いしているエリヴィラを引き上げた手をつないだまま、デュオンがにぎにぎと握手してくる。

「よし、手をつないだぞ。これで十点、合計五十五点かー、あと少しだな!」

「い、今のは不慮《ふりょ》の事故です! ノーカウントだわ……」

手をつないだのではなくて、手を取って助けられただけ——。

抗議しようとしたけれど、デュオンは計算済みといった顔をしていた。

「この森は昔よく遊んだからな。地形の把握はしてある。崖に追い込んだのは手をつなぐための作戦だ、そう高くないから死なんだろう。それに、怪我をしたら治るまで一生看病してやる」

……何を言っても無駄だと思った。

「…………」

――このまま、追い回されてばかりではいけない。

エリヴィラは策を練った。

そして、あることに気づいて、片方の手でドレスの裾をゆっくりと直していく。

「おっ？　諦めたのか、休憩か？」

「ええ……」

素っ気なく応えて、デュオンの手を握り返す。

次に手が離れたら、また点を取られてしまうかもしれない。

だったら、つなぎっぱなしで時間を稼いでしまおうと思った。

「……なるほど、これ以上得点を取らせないためか、考えたな」

うんうんと頷きながら、策に気づいたデュオンが「さすが俺の嫁だ」と好き放題言っている。

「おっ、エリヴィラ。花が咲いている、一面の花畑じゃないか！　花冠《かかん》を作ってくれないか？」

辺りを見回して、しらじらしく彼が大きな声を出す。

二人が座っている場所は、前方に崖、後方に森がある、日当たりのいい花畑だった。

白い色の花弁の多い花、橙色の丸い花、星形の黄色い花、野の花が広がっている。

「できません。あいにくと手がふさがっています」

つないでいるのは片方の手だけだったが、うっかり花を摘んで、花冠を作り始めると手が離れてしまうだろう。

——その手には乗らないから。

エリヴィラはぎゅっとデュオンの手を握り返す。

「……っ、意外と悪女だな。そんなところも堪らないぞ」

空から身体に届く日差しが、温かかった。

「よっ、と……」

デュオンが、手が離れないよう身体を前のめりにして、反対の手を伸ばして、何かを摘み取る。桃色の百合に似た大輪の花——。

その花をエリヴィラの髪へ差してくる。位置が気に入らないのか、三回ほど差し直して、耳の上で花がやっと落ち着く。

動けないのをいいことに、やりたい放題だ。

「勝手なこと……しないで……」

「お前といると、何かしたくてそわそわするんだ。仕方ないだろう」

しれっと言われて、エリヴィラは顔を背けた。

「だったら、目を閉じて大人しく日差しと風を感じ取っていてください。花と森のいい匂いがして落ち着きます」

自分で口にしておいて、できなそうなことだったけれど、エリヴィラは念を押す口調で言い放ち、自らもそうしようと目を閉じる。

「もったいなくて目など閉じられるか」

「いいから、大人しくして……！」

――なんでこんな状況に……。

――日差しも風も、花と森の匂いも、全然わからない。

平和なのか危険なのか……森の獰猛な野獣――ライオンのような存在が横で喉を鳴らしているみたいだ。

怖くはない……けれど……。

「……おい、いい加減、こっちを見ろ」

デュオンが不機嫌そうな声を出す。

そして、エリヴィラとつないだ手を引き、反対の手で顎をがっしり摑んでくる。

「なっ！　ちょっと……デュオ………んんっ！」

唇が近づいてきたかと思ったら、熱で一気に覆われた。

顎を持たれてキスされているので首を振って抵抗することすらできない。

「ずる……っ、い……んっ……！　ふ………」

キスの合間に息をついて、抗議の声を上げた。

「同時にしてはいけないルールがない……んっ、ちゅ……ふ、舌はどこだ？」

「んんんんっ！」

彼の舌がエリヴィラの口内をまさぐってくる。

「あむ……っ、あっ……くん……っ」

「キスは……二十点。これで……ちゅ……七十五点」

吐息混じりに、唇を触れ合わせたままデュオンが囁いてきた。

――――もう、七十五点？

「っ！　は、反則ばかり！　もう……っ」

エリヴィラは渾身の力でデュオンの胸を押し、手を離して立ち上がる。

数歩駆け出し、逃れたと思ったところで、追いつかれて背後から飛びつくように抱きしめられてしまう。

「きゃっ……うぅ……重っ……」

「捕まえた。抱きしめたから十五点。さあ、九十点になったぞ？」

彼を引きずったままよろよろと歩く。

本気で体重をかけてきているわけではないみたいだったけど、重かった。

もう少し歩けば森だ。森の始まりの木が生えている。

罠に気をつけて、木々に紛れれば……！　まだ、望みは……！

木に近づいて幹《みき》に片手をかけた瞬間、その手にデュオンの手が重なり、五本の指がぎゅっとずれて、つながれた。

「手をつないだな。これで百点――――お前が花嫁だ」

耳元でデュオンが満足そうに呟く。

――――百点……とられたの？

エリヴィラは身体の力が抜け、そのまま木へ頭をぶつけそうになった。

けれど、彼のほうを向かされてしまい、ずるずると幹を背に座り込む。

「狩られた活きのいい花嫁を、どうしてくれようか？」

「…………あっ……」

致命傷を受けた獲物みたいに、力が入らない。

彼に捕まりたかったのか、逃げたかったのか、わからないぐらいに頭が真っ白になった。

ただ、今わかって……感じてしまうことは……。

――食べられちゃう……。

デュオンが木を背にしてへたりこんだエリヴィラの足首を掴み、人形を座らせるみたいに前へ投げ出す格好をさせた。

「さんざん逃げて、足が疲れただろう？　俺が揉んで解してやろう」

エリヴィラの足をくすぐったくて気持ちいい感覚が襲う。

見ると、デュオンが大きな手でドレスの上から脹脛《ふくらはぎ》を揉んでいた。

「う……んっ……」

それぐらいなら……と、抵抗するよりも気力のなさが先立ち、されるがままになる。

けれど――違った。

「おっと！　ドレスが邪魔だな」

激しい衣擦れの音がして、突然足元が涼しくなった。

デュオンがドレスのスカート部分を派手にまくり上げ、パニエごと下着を引き脱がす。

「ひゃっ……!?」

――なっ、な……！

何が起きているのかわからなかった。

エリヴィラが跳ね起きる前に、デュオンが片方の胸を手で掴み、木へ押しつけて固定してくる。

「……俺に追い掛け回されて、濡れたりしないのか？　残念だな」

「ぬ、濡れる……何言って……」

抗議の声は、彼の指先によって弾き飛ばされた。

デュオンがエリヴィラの秘所へ、割り入るように指を滑らせてきたから。

硬い蕾に甘やかな刺激が走る。

「ここを……ベタベタにして、俺を受け入れるんだ」

花芯を親指でぐい――と押された。そのまま、器用に包皮を剝かれて、一番敏感な突起を風にさらされてしまう。

身体が、ぴくぴくとした。

続いてデュオンが人差し指で花芽を擦ってくる。

「っ！　ああ……っ！」

一瞬触れられただけなのに、おかしな声が漏れてしまう。

「森の動物しか聞いていないし、見ていない、遠慮なく乱れていいんだぞ」

「ど……動物って……あっ、ひぁ……ん……」

そんなのは嫌だと嘆こうとしたのに――彼の指先の刺激に思考も声も全部奪われてしまった。

デュオンが先ほどよりやや強く花芽を弄り、その指を秘所へと下ろす。

――デュオンの指が……触れてる……。

「まだ、濡れないか……？　俺はお前を追いかけているだけで、興奮でビンビンなのにな」

「言っている意味が……わかりませ――あっ、んんっ……！」

具合を確かめるようにデュオンの指が媚裂を割る。

そのまま、柔襞をなぞって蜜壺へとたどり着いた。

「そこは……んっ……ふぅ……………うぅ……」

つんつんと突いてから、くいっと押す。微かな熱が溢れる感覚が下肢にあり、エリヴィラは戸惑いの声を上げる。

何かが弱々しく溢れてきた。

――う、嘘……。

とろりとした液体は、彼の指を汚してしまったかもしれない。

「ダメ……へん……ああっ……んっ、ふぁ……あ……」

デュオンが息を吐くようにして小さく笑い、滴る限りある蜜を指ですくって、淫唇へと練り込んでいく。

「あっ……あ、ああっ……！」

――こんなに恥ずかしい声を上げるなんて、へん……変！

溢れてくるのか、蜜に誘われて零れてくるのか、下肢が蕩ける感覚に襲われる。

甘い嬌声が漏れて、足首が何度もピンと張りそうになった。

「へん……なっ、ああっ……！　なっ、に……あっ、されたら……もう……」

——頭の芯まで蕩けそう。

何も考えられなくなる。翻弄される————。

「達しておけば、俺を迎え入れる準備になるな？」

くちゅんと音がして、デュオンの指が一本蜜壺へ滑りこんできた。

同時に親指で花芽を弄られ、中に入った中指が上に向かって曲げられる。

——な、に……あっ……!?

「ひぁっんんんっ!?」

エリヴィラの脚が宙に浮き、ピンと張った。

突然せり上がってきたものが、頭の中で白い火花を散らす。

「ああっ……！　あっ……はぁっ……う……はぁ……あ………」

息が一瞬できなくて、それから荒い息になった。

「イッたようだな。熱い蜜が滴っている、準備はできたな」

——な、にを……？

何も考えられなくて……。

白く霞がかかった視界に、服を弛めるデュオンの姿があって……。

彼はエリヴィラから引き抜いた指を、食べ残したクリームのようにペロリと舐めてから、膝へと置いてくる。

脚を開かれたと思った時には、灼熱に貫かれていた。

「あああぁっ！　うっ……あ……ふぁ……っ、はぁ……ぁあっ……」

雄々しい肉杭がエリヴィラの中へと楔のように入ってくる。

「くっ……ふ………」

デュオンが短く息を漏らし、その振動すら膣襞越しに伝わってきた。

「……きつくて、熱いな。食ってやるつもりだったのに、俺が……食われそうだっ」

腰が木に押しつけられ、ぎちぎちと秘所が合わさる。

一旦、抜くような刺激があり、一段と深く突き入れられた。

「ふぁぁあっ！　ああっ……んっ、ふぁぅ……へん……こんな……あっ……」

勝手に口から淫らな声があふれ出てしまう。

でも……。

——へんなのに、気持ちよくて……。

森の中で、無理矢理みたいに淫らなことをされているというのに、エリヴィラは自分の身体が喜びで震えているのがわかった。

――デュオンを……中の一番近いところで感じて……。

彼がいっぱいになる。

自分の中に彼を感じる。

デュオンの肉棒はそれが最初からそうであったかのように、エリヴィラの膣内に収まり、ドクドクと鼓動を伝えてくる。

性器も鼓動も体温も、彼のものと自分のものが混ざり合い、境界線がなくなっていく。

つながって、蕩けて、安心する。

それは喜びだった。

キスした時の感触や、抱きしめられた時の感触をもっと強くしたもの。

嬉しくて、鼓動が跳ねている。

淫らなことをされているのに、淫らなだけじゃない。

「もっと奥を感じさせろ。もっと奥だ」

「あ……う……ああっ……！」

デュオンの両手はエリヴィラの腰へとかかっていた。

持ったまま木へ押しつけ、もっと奥を探してつながってやろうと動き始めた。柔らかな膣襞を押しのけ、さらに彼の灼熱が突き進んでいく。

「やっ……動いたら……へ……ん！」

「変じゃない……気持ちいいんだ」

——気持ちいい……？

エリヴィラは彼に言われるまま、身体で反芻する。

嬉しいと……気持ちいいは……一緒だろうか。

「はぁ……うっ……あ、気持ち……いい……？」

声に出すと、身体中を痺れが走った。

びくっと震える。それはとても淫らな気がした。

「さらにお前を気持ちよくしてやる。覚悟しておけ」

「覚悟……なんて……ああっ！　あぁあ！　ん、んぅ——」

デュオンが背後の木にエリヴィラを押しつけながら、腰をゆっくりと、そして段々速く振り始める。まるで木々にエリヴィラを打ちつけているみたいだ。

「はあ、あ……ああっ……んぅん！　あぁ、あぁん！」

膣襞が激しく擦られ、つながっている部分からくちゅくちゅと水音が聞こえてきた。気づけば、それ以外にも木々がギシギシと揺れる音、さらに二人の荒い吐息。

先ほどまで静かだった森の中に、淫らなものが溢れていく。

一度気にすると、敏感に反応し始めてしまった。

自分の身体じゃない、次第に思考も身体も……熱を帯びて、わけがわからなくなる。

「その調子だ。好きだから……気持ちいい、お前が変なら俺も変だからな……っ！」

「ああっ！　あっ……奥……ダメ……んっ、んんっ！」

気持ちいいの？　好きだから……？

──私の身体はデュオンを好きだって言ってる？

「…………き」

──好き。

ほとんど吐息で、聞こえないから、エリヴィラは好きだと喘いだ。

好き……。

好き。

呪文のように頭の中で唱えていると、大きな白い波がエリヴィラの身体をあっという間にさらっていく。

「あとは──お前の心、だけだ……」

デュオンが苦しげにそう漏らすのを、身体中で包むように聞いた気がした。

木に背を預けたまま、まどろみながら空を見ると、もう夕暮れだった。

快晴だった水色は、いつの間にか橙色へと変わっていて──。

木々の向こうへ太陽はとっくに消え、最後の輝きが森の緑の葉を縁取っている。

「寒くないか？」

「……ええ」

寒くないと返事をしているのに、デュオンが狩りの荷物の中から、ブランケットを取り出し、かけてくる。

エリヴィラは両膝をくっつけて折りながら、地面へ下ろす。

むき出しの膝や脹脛《ふくらはぎ》に、下草がチクチクとくすぐったい。

いたわる気持ちも、ブランケットも温かかった。

――これでデュオンに狩られてしまったことになったの？

心の準備がないまま、追い回されて、抱かれて、また熱で蕩かされて……。

言いなりになってしまいたいのに、なってはダメだとぎりぎりの理性で保つ。

――勝負が本当なら、花嫁になるの……？

――なれるわけ……ないのに……。

「…………でも」

唇が微かに動いて息が漏れてしまう。

エリヴィラは気づいた。

――デュオンに魅かれている。

強烈に……。

けれど、それを口に出してはいけないと思う。

エリヴィラにブランケットをかけてから、背を向けて少し離れた場所で身を屈めて何かをしているデュオンの広い背を愛しく感じた。

花畑は夕日で、白い花は薄いオレンジ色に、桃色の花は燃えるような赤に変わっている。

デュオンがエリヴィラを振り返り、立ち上がった。

夕暮れの花畑に立つ、屈強な体軀は、不思議と違和感がない。

それどころか、情熱的にさえ見えて、エリヴィラは息を呑んだ。

突然、甘い香りが――――鼻をくすぐった。

「えっ……？」

彼ばかり見ていて、デュオンの手元まで気にしていなかった。

五指が美しい野花の小さなブーケを持ち、エリヴィラの唇の前へと差し出してくる。

摘んで集めただけではなく、大きな葉や、背の高い草も交じり、器用に色味が交じった、ブーケだった。野の花だけで作ったとは到底思えない出来栄え……。

見下ろされていると思っていた視線が、いつの間にかしっかり合っている。

彼が膝を折ってエリヴィラの前に跪《ひざまず》いたのだ。

――ダメ……ブーケを受け取っては……彼の瞳を見ては……。

――デュオンに言葉を紡がせては……。

エリヴィラにだって、彼が何をしようとしているのかわかる。

「俺と……結婚してくれ」

プロポーズ……だった。

自信満々に優位の笑みで言われたのなら、はぐらかしたり、断ったりもできただろう。

でも、デュオンの表情は真剣そのもので、ブーケを持った手が、微かに震えているようにも見える。

彼から緊張が伝わり、エリヴィラも鼓動がうるさくなった。

目を逸らすことなんて、できない……。

「……っ、私…………は――」

〝私も〟と言いかけそうになり、慌てて〝は〟に直す。

返事ができない……。

――嫌だとは言いたくない。

でも……何も考えずに〝はい〟とは言えない。

「…………」

エリヴィラはデュオンから視線を逸らさず、ただ見つめた。

身勝手すぎて口に出せない願いを、心の中で叫ぶ。

――待って、お願い……考える時間を……。

考えてもきっと、答えなんて出せないかもしれないのに。

「ふっ……」

デュオンが微笑み、ブーケをエリヴィラのブランケットの上へ置く。

「今は、その反応だけで良しとしよう。すぐに〝はい〟と言わせてやる」

「あっ……」

冗談交じりに、彼が声を明るくしているのがわかった。

その気遣いに胸がいっぱいになる。

「…………し、皇太子ー！」

暗くなり始めた森の中から、デュオンを呼ぶ声が聞こえてきた。

「あの……捜されています」

「狩りの撤収の時間をとっくに過ぎているからな、待たせておけばいい。心配するな、野営の準備はしてある」

彼が狩りの荷物を示した。

「皇太子ー！　――――！」

声は複数で、森に響いている。

「……せめて、無事だと伝えては？　心配させすぎるのはよくないです」

「その間に、お前が逃げないならな。だが、確証はない」

疑り深い眼差しでじとっと見られた。

「に、逃げません！　今夜はもう動けないし……小川で身体を拭いて……待ってます」

本当のことだった。

森の中で完全に暗くなってしまっては、動けるとも思えないし。

今日のところは根負けしていて逃げる気力すらない。

花畑へ出る崖より手前、森の中で、小さなせせらぎを飛び越えた気がする。

そう遠くはないはずだと、思い起こす。

「小川？　ああ、裏にあるな。必ず、俺の荷物――――この場所から見える位置にいろよ。迷うぞ……お前を信じる」

デュオンが狩りの荷物を解いて麻袋を地面に置く。続いて、取り出した小ぶりのカンテラへ火を灯した。

「はい」

エリヴィラはしっかりと頷いて、彼と別れた。

【第五章】誘惑の罠、皇子様の嫉妬

冷たい小川でハンカチを水に浸して、身支度を整え終えると、辺りは闇に包まれていた。

水かさは足首までしかないせせらぎだったし、冷たくて浅いので、身体ごと洗えるわけではない。

「ふぅ……」

それでも、エリヴィラは少しすっきりした。

ひんやりとした水で火照った身体が静まった気がする。

一人になって頭も冷えてきた。

ドレスを隙なく整えながら、デュオンが置き去りにした麻の袋やブランケットへ目を凝らす。

暗くなった花畑の木の下に、小さな明かりに照らされた荷物が見える。

デュオンの言いつけ通り、見える場所からは離れていない。

彼が戻る前に身支度を整え終えることができてほっとしつつ、デュオンが戻った時に自分はどんな顔と言葉で迎えればいいのかドキドキしてくる。

――野営をするって言っていたけれど……。

今夜これからの時間も二人で過ごすことを考えると、どうしていいかわからない。

「デュオン……」

誰にも聞こえない大きさの声で呟く。

その時、エリヴィラの背後が明るくなり、ザッと茂みを踏み鳴らす音がした。

問いかけるような声がする。

「エリヴィラ姫？」

――デュオンではない……？

蔓模様の立派なカンテラを手にしてこちらを窺っている男性は、デュオンに面影こそは似ていたけれど、銀の長い髪をしている。

執務室で見たことがあった――。

「ルイス皇子……？」

「いかにも、エリヴィラ姫」

恭しくルイスが一礼し、茂みから出てくる。

グレガスタン帝国の第二皇子は、森の中なのに城にいるみたいに優雅だった。

「デュオン……様をお捜しですか？　先ほど声がしたほうに向かわれたのですが……行き違いでしょうか？」

うっかりデュオンと気安く呼んでしまいそうになり、慌てて様と付け加えた。

ルイスを見ているとよくわかる帝国皇族の威圧感。優しそうに口を利いてくれても、よそよそしくて冷たい……けれど、それが当たり前だ。

本来であれば、デュオンにも親しげに話しかけてはならないのに……。

「いいえ、僕は貴女を捜していたのです。エリヴィラ姫」

「私を……？」

長い髪をカンテラの明かりで揺らしている皇子の言葉は、すぐには意味がわからなかった。

「――クロエ嬢が近くで貴女を待っている」

「クロエ様が……？　森の中に？」

――彼女も、この狩りの花嫁勝負に？

彼女の黒い髪と優しい琥珀《こはく》色の眼差しを、昨日のことなのに懐かしく思い出す。

けれど、ルイスが次に口にした言葉で、その淡さが消し飛んだ。

「クロエ嬢が狐捕りの罠に誤ってかかってしまい、怪我をして動けないんです」

「そんな……！　どこですか？　案内してください、すぐ行きます！」

居ても立ってもいられなかった。

――森へ姫たちを放ったというのは本当だったの？

やり場のない怒りがデュオンへ向く。

ルイスのカンテラが照らす森を、その光よりも早く先へと足を速める。

森の中なのに、小川沿いのせいか、足場は悪くなかった。

細い飛び越えられる小川をなぞるように、足を進める。

やがて水の流れがはっきりとしてきて、川幅が広くなり、地面に石が目立つようになってきた。

さらさらと川が流れる音が聞こえてきて――。

「ルイス皇子……まだ先でしょうか？」

「濡れた石で、滑らないように」

エリヴィラの問いかけにルイスは答えず、足元への注意だけを、短くひそめた声音で告げる。

「…………」

思わず彼を見た。カンテラに照らされた顔は、無表情に近かった。

それだけ逼迫《ひっぱく》した状態なのだと解釈して、エリヴィラは唇をぎゅっと噛み締める。

川は、もう飛び越えられる細い流れではなくなり、浅い流れの石を滑らないように渡ると、森が開けていた。

流れが穏やかな場所でも、腰ぐらいの深さはありそうな川だった。

植物はいつの間にか水辺のものに変わり、葦《あし》の茂みが尖った葉と、穂を、風になびかせている。

一面の開けた濃紺の空に三日月が出ていた。

川の流れの向こう側には、暗い一面の草原が浮かび上がっていて――その中に、草が生えていない道がうっすらと見えて……。

――えっ……道？

一瞬、見間違いだと思ったエリヴィラだったが、視界の右に、グレガスタンの城壁の端にある尖塔が目に飛び込んできて確信する。

――おかしい。

「ここは……」

――森の出口……しかも、グレガスタン城下から城壁をかいくぐり、外へ出る方向にある……おそらく皇族が逃げるために作られた逃走路。

エリヴィラはドレスの腰部分で指を握りしめ、足を止めた。

警鐘が頭の中で激しく鳴り、背筋に汗をかく。

「クロエ様は……どこですか？」

声を振り絞り、ルイスへ尋ねる。

「――――誰のこと？　僕が何か言った？」

飄々とした彼の声は、川の音にかき消されることなく、ざらりとエリヴィラの耳へ吸い込まれた。

軽やかに問いかけてくるような声音は、楽しいことでも提案するようなユーモアを含んでいたが、この状況では、恐ろしい。

「クロエ様のお怪我は？　いらっしゃらないのですか？」

「…………」

エリヴィラの質問に答えたのは川辺の冷たい風だった。

「クロエ様の話は、嘘……なのですか？」

「まともな姫が、森へ入るわけないじゃないか。散歩《ピクニック》は夕方に解散したよ。失礼、貴女も姫でしたね……森の中に平気で入る、自らの足で駆けずり回ることしかできない小者――――だけど、小賢《こざか》しい」

ルイスの灰色の瞳が細められ、ランタンの明かりを吸い込み、緋銀にも見える。

――――怖い……。

身を竦めたところで、エリヴィラは、はっとした。

「……っ、では、デュオンを呼んだのは⁉　もしかして、貴方が……」

「勘がいいね。彼を呼んでいたのは僕の部下だよ。奴が近くに来たら距離を取れと言ってある」

「……私たちを罠にはめたのね」

エリヴィラはルイスをにらみ付けたけれど、彼は動じた様子を見せなかった。

「そうですよ。父上は兄上を信頼していて、呼びつけたりせず自由にさせているから、うるさく呼ぶわけないし……そんなこと、わかっていると思うのに、父上から花嫁について特別な話があると思ったとか？　貴女のせいかな？」

〝貴女のせいかな？〟と含み笑いされて、エリヴィラは背筋が凍りそうになる。

「あーあ、兄上が迷子になっていないといいけど。それどころかどこぞの猛獣に襲われたりしてないかなー。心配だなー」

感情のない恐ろしい声で、ルイスが話す。

――デュオンが、私のせいで危ない目に……。

「戻ります。通してください！」

ルイスへの怒りと嫌悪よりも、デュオンへの心配が強かった。

彼が大怪我するかもしれない。彼が自分の前から永遠に失われてしまうかもしれない
――そう考えると、身を引き裂かれるような思いだった。

自分が傷つくよりもずっと怖い。目の前が真っ暗になる。

助けなくては、という考えで頭がいっぱいになる。

「カンテラもなしに？」

「そんなもの、どうにでもなります！」

来た道なんてわからない。でも、一刻も早くデュオンのもとに駆けつけたかった。

「兄上が心配？　どれぐらい？　皇族の森は奴にとって庭なんだから迷うわけないし、悪運も強い。どうせ無事だよ。なぜそんな必死な顔をするの？」

疑問を滲ませた顔で、次々に質問攻めにされる。

ルイスの顔は尋ねているのに、答えを受け付けないといった表情をしていた。

エリヴィラの困惑や怒りを引き出し、楽しもうとしているかのような。

「……貴方とこれ以上お話しすることはないみたいです。帰ります！」

もう、ここに留まる意味はない。

川を背にして、森の中に足を踏み入れようとする。

「待って……!?　帰るなら、そっちじゃないよ？　オルディー王国へ行くには、まず川を渡って、その先にある道を辿り街道に出ないと。このルートは皇族以外誰も知らないから、山越えは成功するよ。花嫁になることを嫌がって帰りたがっていた貴女にとって、これは唯一のチャンスでしょ？」

「ルイス皇子……どうして……それを……」

花嫁勝負を拒んでいたり、逃げたがっていたりしたのは、デュオンと一緒にいる様子から、わかったかもしれない。

でも、エリヴィラが山越えを画策していたことまで知れるだろうか。

違和感が――――強くなる。

何かこの人は知っている。

「私に協力してくださるなんて……何が目的です？」

エリヴィラは、騙されないように用心深く尋ねた。

「どうでもいいでしょう？　小者は知らなくていいことですよ。正しい逃げ道を教えたのだから、そのまま歩けばいい。帰るなら今しかありませんよ。この機会を逃せば、兄が貴女を逃がすとは思えない」

――――今しかない……？

ルイスの言葉が、身体にまとわりつく。

プロポーズの返事ができなかった。うやむやな感情を試されているのだろうか。逃げてしまえ……と。

でも――――と、エリヴィラは思った。

「いつか、なるべく早くオルディーには帰りたいと思っています。ご親切には感謝しますけれど、今夜は帰れません……」

――デュオンに、待っていると約束した。

騙されたとはいえ、それを破ってしまったことを後悔する。

「ふーん、それが今の貴女の気持ち？　好きなんだ？　裏切れないと思ってるんだ。さすが、誰もに愛される皇太子だからね。僕とは違って人気者だ」

ルイスはデュオンが嫌いなのだろうか。劣等感の交じった悲痛な言葉がすらすらと夜の闇に溶けていく。

「じゃあ、命令するよ。帰れ、消えろ、出て行け、どれがいい？　全部――だ」

憤りの交じった声にエリヴィラは気圧された。

「……できません」

「うるさいっ！　僕に逆らうな！　逃げてくれないと困るんだよ。兄上を傷つけたいからね。一番傷つくことがやっと見つかった……貴女を失うことだ。皇族だからね、どれだけ嫉んでも兄上を殺したりはできないけれど、破滅はさせられる」

ルイスが早口でまくしたてる。

「今、貴女が消えれば、鬱陶《うっとう》しいぐらい完璧だった兄上に、転がり落ちる隙が生まれる。今日、仕掛けてみてわかったよ……想像以上だった。貴女もね」

「デュオンが私のせいで困るなら、尚更、帰れません――」

姿勢を正し、ゆっくりと息を吐いてエリヴィラはルイスへ言葉を放った。

本当の気持ち……だった。

彼を困らせたくない。彼を失いたくない。

「黙れっ！　オルディー王国の貧乏姫っ……川を渡らないなら――っ」

ルイスが葦の茂みの中にカンテラを置く。そこには小舟があった。

感情的に叫びながら、彼が狩りの荷物から猟銃を取り出し、エリヴィラへつき付ける。

「っ……！」

猟銃の先がエリヴィラの脇腹を狙っていた。

「城門封鎖から逃げて山越えなら、極刑だよね？　僕がやったって証拠が残らなければいいんだ。殺して川に落として、原型を留めないほどに流されて朽ちればいい。それでも兄上は取り乱すだろう。貴女の……」

ぶつぶつとルイスが物騒なことを呟きながら、近づいてくる。

「動くなよ……？　動いたら、二度と動かないようにしてやる……」

銃口が、微かな衣擦れの音をたてて、エリヴィラのドレスの上から腹部へ食い込む。

「いや……」

エリヴィラの怯えの声に、ルイスがぴくりと眉を動かす。

それから、愉快なことを思いついた顔で、満面の笑みになる。

「ああ、思いついた。兄上がもっと悲しむことを……死ぬ前に貴女に絶望的なことをしてあげよう。栗鼠《リス》みたいなエリヴィラ姫になら、僕だって敵う」

「な、に……」

ルイスが銃の角度を変え、エリヴィラの足の付け根、両足の中間へと下ろしてくる。

「――もう、兄上に抱かれた？」

「なっ……！」

ぴたりとドレスの上から定まった銃口は、秘部をさしていた。

「身体で籠絡するなんて、さすが貧乏国の姫だね。兄上はよかった？　誘ったの？　全部話してくれたら、その間だけは生きていられるかもしれないよ」

「お話しすることは――ありません」

侮蔑に負けじと、エリヴィラも静かに言い放つ。

けれど、その態度が、ルイスを刺激したらしく……。

「僕を嘗《な》めるなっ！　貴女の立場を身体でわからせてやる……兄上よりよかったと、喘がせることぐらいできるんだよっ！」

激怒した銃身がぶるぶると震えている。

撃たれるか、飛びかかられるか、覚悟してエリヴィラがぎゅっと目を閉じた時――。

「何をしているっ!!」

怒号が聞こえて、ルイスがエリヴィラの視界から消えた。

否、すごい音をたてて、近くの葦の中にある小舟へと飛び、突っ込んでいた。

「えっ？」

エリヴィラが目を丸くした先には、デュオンが怒りで肩を震わせ、荒い息をして立っている。

様子からすると、銃ごとルイスを吹っ飛ばしたように見えた。

殴ったのか、蹴ったのか、それとも別の……？

「……う、うう……僕は……何もしてないっ！」

脇腹を押さえて、ルイスがよろよろと立ち上がり、反対の手で荷物やカンテラを抱きしめて森の中へ走っていく。

——助かった……の？

——デュオンが、助けてくれたの……？

安堵がこみ上げながらも、目の前で起こっていることがすぐに呑み込めない。

「…………」

——デュオンが……来てくれた……。

沈黙を破ったのは、デュオンの声だった。

「この手の愛撫が好みなら先に言え！」

「違います、ありえません！」

叫ばれて、叫び返した。

彼の声は、まだ冷めやらない怒りを含んでいる。

「俺を待っていると言って、ルイスと会っていたのか⁉　来いっ、奴に触られたところを全部洗い流してやる！」

「待って……！　違うの……っ」

デュオンが強い力でエリヴィラの手首を持って引き、先に川へと入っていく。

冷たい水はすぐにエリヴィラの靴やドレスの裾に吸い込まれ、まとわりついた。

「違っても、わけがあっても……お前はいなかった！　俺じゃなくて、よりによってあんな男と……」

状況をうっすらとわかりつつも、彼は行き場のない怒りを――どうにもできないみたいだった。

むき出しの感情がエリヴィラへと襲い掛かる。

「全部、脱げ！　奴に触られた場所を全部洗い流してやる」

「馬鹿なこと……っ！　やっ……⁉」

エリヴィラの襟首へデュオンが手をかけた。そして上から引き下ろすように、ドレスを剝いた。

すぐに下着も剝がされる。

脱がされた時から、何もかもが川の水を含んでいって、川に流され、近くの葦へ引っかかったのが見える。

裸にされたエリヴィラは、反射的に近くにあった岩に身を隠そうとした。

川の水は膝程で、足を取られながらも、懸命に進む。

けれど、手が岩に触れた時には、もうデュオンに捕まっていた。

「その身体、触られたのか⁉」

「きゃっ……⁉」

背後から抱きしめられ、痛いぐらいに胸を揉まれる。

「んっ……うぅ……」

「胸は、正常だな。じゃあ、ここか？」

エリヴィラの上半身を岩へ押しつけ、尻を突き出させるようにして、デュオンが引き上げた。

上を向いて露わになった、秘所が冷たい風を受ける。

「やっ……違……っ、何して……あっ！」

ぴちゃんと音がしたと思ったら、デュオンが蜜壺へ冷たい川の水をかけていた。

そのまま、指を二本交差させて、エリヴィラの媚裂へ突き立ててくる。

「あああっ――――!?」

冷たい……でも、デュオンの指が熱い。

彼の感情がわかった――――嫉妬だ。

発散できない狂おしい感情でエリヴィラへ襲い掛かっている。

「ここか？　奴が触った場所を、ちゃんと洗ってやらないとな」

「や……ぁ……んっ、んっ……」

――――そんなこと、されていないのに……。

――――デュオンも、わかっているはずなのに……。

嫉妬の感情をむき出しに向けられ、怖さよりも、切なさがこみ上げた。

「濡れてきたな？　水か蜜かどっちだ？」

「ひ、酷いこと……言わないで……」

彼を宥めるように、エリヴィラは咽《のど》を震わせる。

「酷くて結構だ……お前の躾ができるならなっ！」

デュオンの指が抜け、解放されたと身体を起こすと、片方の手を引かれた。

また岩へ押しつけられそうになるのを、反対の腕で支える。

「あああっ！　……んっ、くぅ……う……はぁっ……うぅ……」

支えることができたと思った刹那、背後から肉棒で貫かれた。

彼の怒張したものが、膣内を一気に突き刺す。身体は拒否できずに、膣奥まで肉棒が挿れられる。

「あ、あぁぁ……！」

肉棒の先端が乱暴に膣奥を突き、エリヴィラは嬌声を上げた。

刺激が強すぎて、口から逃がさないと身体が負けてしまう。負けたら……ダメだと心が言っていた。

こんな愛し方は間違ってる。でも……。

二度も愛された彼の肉棒に身体は反応し、潤滑油《じゅんかつゆ》となる蜜を流し始めていた。デュオンと自分がつながっている部分を満たし、より密着させていく。

「ずいぶんと、奥まで簡単に入るな！　やっぱり無理矢理がお好みか？」

「あっ……んぅ……なっ、こんな……あっ……」

違うのだと、必死に言おうとしたけれど、言葉が上手く出てこない。邪魔するようにして、デュオンの腰が振り始められたからだった。

エリヴィラごとガクガク揺するように、デュオンが腰を振る。腰と尻のぶつかり合う乾いた音がやけに大きく辺りに響いた。

羞恥心が刺激される。逃げ出したいけれど、岩へと倒れ込まないようにするのが精一杯で、さらに貫かれた肉棒はエリヴィラの力を奪っていた。

濡れて冷たい岩が、いつの間にか熱を帯びていく。

「言え……っ、俺だけだと！　俺を愛すると……っ！」

「んっ……あああっ……！」

取り乱したデュオンが容赦なく、腰を打ちつけてきた。

感情がエリヴィラを貫き、乱暴に快楽を掻きだす。

膣奥に何度も、何度も硬く怒張した肉棒が突き立てられ、その度に痺れるような感覚が身体も心も揺さぶる。

頭の中が段々と白く塗りつぶされていくようで……負けてしまいそうだった。

歯を食いしばって、必死に意志を保とうとするけれど、それを刈り取ろうとするかのようにデュオンの腰の動きは激しさを増していった。

膣口まで肉棒を引き抜くと、火花を散らすように勢いよく壁を擦りながら、奥まで抽送する。何度も、何度も。

感情に囚われた彼の愛し方は、以前のものとはまったく違った。

エリヴィラをただ刺激と快感で支配しようとする。

そんなことをしなくてもいいのに。

デュオンの気持ちを裏切るようなことはしないのに。

でも、その心の声は彼に届かなかった。

「あっ、あっ、あっ、ああっ……ん、んぅん！　あぁ、ああ！」

喉から発せられるのは乱れた嬌声だけ。

――こんなのは……嫌なのに……デュオン……許して……。

せめてもと首を左右に振ったけれど、彼が手を放してくれることはなかった。エリヴィラの中の肉棒は大きさを増し、硬さを増して、より責めてくる。

「ダメ……もう、これ以上……デュオン――！」

舌を噛みそうになりながらも、最後の力を振り絞って声を上げる。

彼の嫉妬は、苦しくて、切ない。

――感情を、向けないで。

――私のことで、乱されないで……。

身体を弓なりに反らせて、エリヴィラは気を失った。


揺れる……。

エリヴィラはガタガタと揺れる振動を感じながら、瞼《まぶた》を開いた。

頭と背中が温かくて気持ちよくて、首が動かせない。

「まだ眠っていろ。馬車の中だ」

髪が動いたのに気づいたデュオンが、身体を動かそうとしたエリヴィラを自らの肩へと

押し止める。

――ああ、温かいのは……デュオン……。

エリヴィラは馬車の席に座り、隣に座った彼の肩を枕にして、そこから片方の腕に凭《もた》れ掛かっていた。

起きなくては……と思うのに、身体が疲れて動かない。

足も、身体の芯も、頭も痛む。

身体が泥でできてしまっているみたいに、重たい。

「お前は疲れすぎたんだ。次から気を失う前に、無理だと言え」

――何が……あって……。

「……っ！」

思い出そうとして、身体に緊張が走った。

森の中、大きな川。

ルイスの悲痛な叫び、銃口。

嫉妬のようなデュオンのむき出しの感情。

一度に考えようとすると、溢れておかしくなってしまいそうだった。

「思い出すな。今から城へ行くが、休養のためだ……元気になったら、好きにしろ」

無骨な物言いが、背中から響いてくる。彼の優しい本音だと……感じる。

「私……デュオンの弱点かもしれない……」

「だから、どうした？」

デュオンが少し笑ったのがわかった。

――優しくて、熱くて……包んでくれて……こんなに愛しい人は、いない……。

とても不釣り合いに思える。

だって、デュオンは花嫁を自由に選べるのに――。

「姫たちはピクニックをしたって……」

「お前も行きたかったのか？　いつでも連れて行ってやるが、今夜は無理だ、休め」

彼の手がエリヴィラの肩を抱き、もっと身体を預けるように促す。

「花嫁の勝負は……」

「黙って寝ていろ。気を失った奴に手は出さん。誰にも眠りは邪魔させないし、お前が目を閉じている間に、何かが変わったりはしないと誓う……」

大げさだ……と思い、エリヴィラは吐息を漏らして笑った。

けれど、もう話す気力もないほど疲れ切っていて……続く言葉が発せられない。

彼の包容力に囚われながら、その甘美さを自分のものにしてはいけないと、己へ懸命に言い聞かせる。

――デュオン……好き。

――好きだから……。

彼の邪魔をしてはいけないと思う。

別の花嫁なら、彼はきっと幸せになって、何もかも上手くいく。

弱点など、あってはならない……グレガスタン帝国の皇太子なのだから。

身を引かなくては……。

エリヴィラは強く強く、心に刻みつけるように言い聞かせた。

――逃げなかったのは、困っていたからじゃない……私が、彼の近くにいたかったからだ。

好きになってはいけないと考えた今、やっと気づけた……。

楽しくて、嬉しくて……好きだけじゃない――――愛してた。

感情がわからないのではなく、考えたいのではなく、とうに愛していて、それを認めてしまわないようにしていただけ。

エリヴィラはぎゅっと瞼を閉じた。

目覚めて動けるようになったら、必ず……。

彼の目の届く場所で逃げ続けるのではなく、今度こそ去る勇気を……。

【第六章】 陰謀と愛の障害

次に瞳を開けた時、エリヴィラが見たのは豪華な天蓋だった。

すぐに自分が寝かされているのがグレガスタン帝国の城の客間の一つだとわかる。天蓋の布に帝国の天秤《てんびん》をモチーフにした紋章《もんしょう》が装飾されていたからだ。

早朝だろうか。部屋はうっすらと明るく、とても静かだった。

「デュオン……」

思考にはまだ霞がかかったままで、思わず愛しい感触が恋しくて、彼の名前を呼んでしまう。部屋にはエリヴィラしかおらず、デュオンがいないことを知って、子供のように寂しさを覚える。

部屋を見渡すと、ベッド横に置かれたサイドテーブルの上に水差しとコップ、それにフルーツが置かれていた。

喉の渇きを覚えて、水差しに手を伸ばすとコップに水を注いで飲み干す。

冷たい水は、半分眠っていたエリヴィラの頭をすっきりとさせた。

「私……」

全てをはっきりと思い出した。

ルイスに騙され、殺されそうになったところをデュオンに助けられた。でも、彼に勘違いされ、激しく抱かれて……。

でも、最後の出来事に比べたら、そんなことは些細なことで……。

——彼を愛しているって気づいた。気づいてしまった。

「私……デュオンが……好き……だから」

だからこそ、エリヴィラは今度こそ帝国を去る決心を密かにした。

デュオンの相手として、自分は相応しくない。

もっと帝国のためになる、ひいては彼のためになる人を妻とするべきだ。

皇族たるもの一時の感情に左右されてはいけない。

それは自分も同じ、優先するべきは国のため。

それに……。

——デュオンの弱点になんてなりたくない。

たとえ、彼がそれを何でもないと言っても。迷惑をかけたくない。

昨日のように自分のことが原因でデュオンが傷ついたり、陥れられたりしたら……心が裂けてしまう。自分をも許せなくなる。

「今すぐにでも、出ないと」

昨日のことで身体は色々と軋《きし》んだけれど、ベッドから抜け出すと寝間着《ネグリジェ》のまま窓を見た。

――――森が見える。

視界の高さからここは城の二階の部屋。しかも森側のようだ。

ルイスに騙されたことで、一つだけ助かったことがある。

封鎖された城下から逃げる唯一のルートを教わったことだ。同じ道を辿れるかわからないけれど、森を抜けてあの小道に出れば帝国を脱出できるだろう。もしものため、皇族や王族が落ち延びるルートを作っておくことは一般的だからだ。

すぐにエリヴィラは行動を開始した。

部屋に置かれていたドレスと荷物を見つけて素早く着替える。昨日、フリッカの宿屋から出た時と同じ姿。

貝桃色《シエルピンク》のすっかり乾いているドレスに、裏返しにしたショールを結ぶ。

罠の中に残してきたのに、戻ってきた外套《マント》のフードを深くかぶって顔を隠すと、部屋の扉のノブに手をかけた。

「…………」

鍵はかかっていなかった。

――あの人は本当に、私を自由に……。

馬車の中でデュオンが言った言葉が蘇る。

『……元気になったら、好きにしろ』

彼はどんな顔をして、その言葉を言っていただろうか。

わからない。デュオンの思いもその理由も。

あれだけ今までエリヴィラを追いかけ、追い回し、乱してきたのに。

様々なものを、自分から奪っていったのに。それを今になって自由だなんて……。

――もう心は自由にはなれないのに。

「……!」

扉のノブに手をかけたまま、茫然としていたエリヴィラは、物音を聞いて後ずさった。

それは紛れもなく、誰かが廊下を歩いてくる音。

――今、デュオンが来たらどうしよう。

どんな顔をしたらいいのか? 抱かれそうになったら今の自分に拒絶できる?

色々なことが頭に浮かび、結局エリヴィラの取った行動はベッドの上でシーツに包まり、寝ているフリをする、ということだった。

待っていると、足音は自分の部屋のすぐ前で止まる。そして、コツコツと扉を叩く乾いた音が聞こえてきた。

　びくっと反応し、息を殺して扉のほうをじっと見る。

「……ヴィラさま……エリヴィラさま？」

　消えてしまいそうな、ひそめた呼び声が聞こえてくる。

　聞き覚えのあるものだった。

「クロエ様？」

「……っ！」

　扉の奥に立っているだろう人の名前を呼ぶと、ガタガタっと扉が揺れる。驚いて、腕か足かをぶつけたのだろうか。

「エリヴィラさま!?　お、お、起きていらっしゃるのですか？」

　自分から部屋へ呼びに来たというのに、クロエはエリヴィラが起きていたことに扉の向こうで驚いているようだ。

「今開けるから待って」

　エリヴィラは、クロエがわざわざ朝方に忍んでここへ来たのには何か理由があるのだと思い、すぐにベッドから出ると彼女を迎え入れた。

「失礼……いたします……」

　扉を開けると、少しやつれた顔のクロエが立っていた。

「エリヴィラさま……その格好……」

「え、あ……少し散歩にでも行こうと思っていて……」

明らかに外出の格好だということにクロエが声を上げたのだと気づき、咄嗟に嘘をついてしまった。

「入って、何か話があるのでしょう？」

クロエには嘘を見抜かれている気がしたけれど、彼女は無言で頷くと部屋の中へ足を踏み入れ、扉を背にした。

部屋に置かれた椅子を勧めたけれど、彼女は首を横に振るばかりで動こうとしない。

「そういえば……クロエさま、怪我は？」

「怪我？　何のことでしょうか？」

「知らないならいいわ。ごめんなさい、ちょっと嫌な夢を見ただけなの」

――よかった。ルイス皇子が言った……クロエの怪我の話は嘘だったみたい。

ルイスがエリヴィラに騙《かた》ったことは、どこまで嘘でどこからが本当なのかわからなかったので、ほっと胸を撫で下ろした。

けれど、またクロエは黙ってしまう。

何か深刻なことを抱えているのだろうか。思い詰めているようにも見えた。

優しく尋ねたほうがよさそうだと思った矢先、彼女が弾けるように顔を上げる。

「……その！　エリヴィラさまは母国、オルディー王国のことでこの帝国にいらっしゃったのでしょうか？」

クロエに言われたことは、エリヴィラにとって思いがけないことだった。

「クロエ……それを一体誰から……」

「と、ある人からです……エリヴィラさまに、案内して、差し上げろって……」

部屋は暖かいというのに、クロエは震えている。

入ってきた時から、その様子が気になってはいたけれど、それよりも彼女の言葉のほうがエリヴィラを強く惹きつけた。

――とある人………デュオン⁉

思い当たるのは一人しかいなかった。

きっとデュオンは全部気づいていて、クロエに協力させてエリヴィラの目的を果たそうとしてくれているのかもしれない。彼ならありえる行動だ。

「案内って、小麦の他国との取引に関する資料のこと？」

優しく尋ねると、クロエは首をこくりと縦に振った。

「お願い、できる？」

案内させると彼女を巻き込んでしまう。

エリヴィラは迷ったけれど、デュオンとクロエの好意を無駄にはできないし、せめて原因だけでも突き止めてオルディー王国に帰りたいと思い、協力をお願いすることにした。

「はい。ついてきてください……叔父様に……書類のある場所は、聞いてあります……」

エリヴィラはクロエと連れだって、そっと部屋を抜け出した。


まだ使用人さえも起きていない早朝。

城の廊下を、二人は音をたてないように歩いていた。

「ここです」

ひそめた声でクロエが扉の先を指す。そこには見覚えがあった。

――デュオンの執務室？　やっぱりここに？

彼との出会い、惹かれ合った場所。

始まった場所から終わる、ということだろうか。

運命的なものを感じていると、執務室の扉が小さく音をたてて開いた。

クロエは用意周到で、この部屋の鍵も用意してきてくれたようだ。

「……右側の一番端にある棚の、二段目に置かれている中にあるそうです」

その場所を彼女が指差す。

「ありがとう、クロエ」

エリヴィラは礼を言うと、すぐに棚に向かいそこに積み重なった書類の束を取り出した。

――誰かが来る前に探し当てないと。

クロエの指定してくれた棚には十数枚もの書類が置かれていた。この中に小麦に関するものがあるはず。

カーテンを開け、朝日を取り込むとその下で一つ一つ、念入りに書類を確かめていく。最初にこの部屋を訪れた時のような、書かれていることにあれこれ驚いたり、感心したりして寄り道するようなことはなかった。

――これはライ麦に関する書類。こっちはリンゴ。こっちは……外国との通貨の両替記録？

内容が似ているようなものも多く、じっくりと見なければ見分けがつきにくい。

「……んなさい」

「クロエ？」

集中していたエリヴィラは、扉の閉まる音を聞いて初めてクロエがいないことに気づいた。

――何か出て行く時に呟いていたような……あ、早くしないと。

すぐにエリヴィラは、視線を扉から書類に戻す。

「小麦に関する取引書類……あった！　これだわ！」

小声で呟いてしまう。

束のちょうど真ん中辺りに挟まっていた一枚を探し当てる。

まばたきを忘れ、その書類をじっと上から下まで読んでいく。

取引書は一見、何の変哲もない小麦のやりとりに見えたけれど、エリヴィラにはその裏で何があったのかわかってしまった。

「これ以外にも書類が……あった！」

裏付けるために、さらにその下にある書類、そのまた下にある書類も読んでいく。

そして、それら全てにある同じサイン。

――――こんなことが……だとすると悪いのは帝国ではなくて――――。

「……！」

オルディー王国を陥れた首謀者が誰だかわかった時、人の気配がしてエリヴィラは振り向いた。入り口には、その犯人の男が立っていた。

「ルイス皇子！」

「ははは、どうだい？　これから死ぬ貴女への僕からの餞《はなむけ》は？」

その手には小さいけれど、鋭く磨かれて光る短剣が握られていた。

「どういうこと？」

「ははは……騙されたんだよ、クロエに。ここに連れてくるように頼んだのは僕さ。彼女もグルだよ。エリヴィラ姫を殺すための」

「嘘よ！」

すぐにエリヴィラはルイスの言葉を否定した。

クロエが決して悪い人でないことは出会って間もないとはいえ、わかる。

「嘘じゃないよ。だって、脅されてたんだから」

――クロエが……脅されていた？

「どうして、クロエが？」

「うーん、めんどくさい話だけど……殺されるまで、待てる？」

狂ったような恐ろしい顔で笑いながら、彼は全ての事情を話し始めた。

始まりは、宮内大臣が城内の食料をわずかに横流ししていたことをルイスが偶然、知ってしまったことからだった。

「ほんの出来心だったらしいよ。娘にいい家庭教師をつけたいとか、従姉妹《いとこ》へ他の姫たちに負けないドレスを買ってやりたいとか、そんなところ。罪に大きいも、小さいもないのにねぇ」

だが、ルイスはその不正行為を止めさせるどころか、自分も荷担し、拡大させようと考えた。そこで次に目をつけたのが、小麦の価格を自分たちで操作すること。

「オルディーに運ばれるキャラバンに手を回して、帝国を出る前に丸ごと買い取ったのさ。そして、今度は独自のルートで売りさばく。オルディーの周辺国に流せば、飛ぶように売れたよ。なんたって、隣に持って行くと倍以上の価格になるんだから」

エリヴィラが見たのは、オルディー王国向けの小麦の輸送記録と、毎回きっちり同じ量の小麦を買った城内用の食料の取引書。

王族として買ったほうの契約書にあったサインは、いずれもルイスのものだった。

つまりは、オルディー王国に行くはずの小麦を横取りし、価格を高騰させて、売りさばいていたのだ。

「だから、小麦のことをいつまでもあれこれ嗅ぎ回ろうとする貴女は邪魔なんだよ。僕にとっても、叔父さん想いのクロエにとってもね」

ゆっくりとルイスがエリヴィラに近づいていく。

「来ないで！」

後ずさったエリヴィラはすぐに部屋の壁に追いつめられてしまった。

「貴女のための筋書きもきちんと用意したんですよ。エリヴィラ姫は兄上がした小麦の不正に気づき、絶望して短剣で自害する。いい悲劇オペラの脚本だろ？」

「デュオンに罪をなすりつけるつもり？」

ルイスなら、自分のサインをデュオンに書き換えることぐらい迷いもなくするだろう。

「そうですよ。冥土の土産はこのぐらいでいいでしょう？　そろそろ永遠に眠る時間ですよ、エリヴィラ姫」

ふざけているみたいに恭しくお辞儀をすると、エリヴィラの逃げ場を狭めていく。

――何とか逃げないと。

このままだと、デュオンがいわれない罪に問われてしまうかもしれない。

そう思うと、怖さより何とかしなければという気持ちが勝った。

「お金を稼いで……どうするつもりだったの？」

とにかく会話を引き延ばそうとしてみる。

「決まってるだろ。兄上から皇太子の座を奪うのに必要な賄賂《わいろ》にするんだよ。もう金は十分に集まった。あとはどうやるかだけ。まだ考えてる最中だけど」

答えながらも、その手を振り上げようとする。

もうダメだと思った時、部屋に声が響き渡った。

「だから詰めが甘いんだよ、ルイス！　俺なら先にどうやるかを考えてから行動する。それにお前はどうもベラベラしゃべりすぎだ」

思わず涙が出そうなほど、嬉しい声――デュオンだった。

「な……痛っ！」

床に短剣が落ち、ルイスが手を押さえる。デュオンの投げた先の尖ったペンが彼の手に突き刺さっていた。

「どうして、兄上がここに！」

「騙されたんだよ、ルイス。お前は俺に」

「どういうことだよ！」

今度は怒るルイスに対して、デュオンがいつもの不敵な笑い声を上げる。

すると、その背中からクロエが怖々と顔を出した。

「クロエ嬢！　まさか――――！」

「す、すみません、ルイスさま。でも……もう悪いことはできません……しかもエリヴィラさまを亡き者にする手伝いなんて……絶対に……絶対にお断りです！」

ルイスの怒りの声に、クロエが怯えながらも声を張り上げる。

――クロエ様……。

クロエはルイスの命令に従ったフリをして、それをデュオンに教えてくれたのだろう。

エリヴィラの部屋に来た時、妙に怯えていたのは緊張していたから。

「ルイス、お前の敗因はクロエ嬢のことだけじゃない。俺が好きになった女を調べないほど盲目的とでも思ったか？　オルディー王国が、今どういった状況かまったく知らないとでも思ったか？　お前は俺に泳がされてたんだよ」

「なんだと……そんなの兄上の強がりだ！」

――知っていたの？

実際にクロエに指示したのがデュオンだと思ったのだから、その可能性がないとは思わなかったけれど、改めて本人から言われると驚きだった。

「もちろん最初からってわけじゃない。結局、こうして泳がせて全部吐かせるまで、ルイスの片棒を担いでいるのが誰かはわからなかったしな。まさか俺が一番信頼していた宮内大臣が脅されていたとは……」

クロエが目を伏せる。

「心配するな。多少の罪は問われるが、それ以外は全てこいつが脅してやらせたことに違いない。そこまでは罪を問われん」

デュオンがルイスから目を離さずに、付け加える。

「くっ、くそ、くそっ！　どうしてこう、兄上は僕の邪魔ばかりする！」

「弟の前に立ちはだかるのが兄の役目だからな。だが、どうにもお前は器が小さすぎる」

「うるさい！　僕のなにがわかる！　こうなったら――」

「だから甘いと言っている！　敵から目を離すなっ！」

自暴自棄になったルイスが落ちた短剣を拾おうと目を離した瞬間、デュオンが素早く距離を詰めて蹴り上げる。

ルイスは避けることができず、思いきりその攻撃を腹に受けた。

「う……く、くそっ……ううう……」

呻き声を上げながら、ルイスが床に倒れ込む。

「弟よ。どうして視野を広く持てない……世界はこの城の中だけじゃないというのに」

気を失った弟皇子を見下ろしながら、悲しそうにデュオンが呟く。そして、エリヴィラのほうを見た。

「エリヴィラ！　無事か？　怪我はないか？」

「デュオン――――！」

エリヴィラは駆け寄ってくるデュオンの胸の中に飛び込んだ。

「大丈夫、私は。何もされてないわ」

「すまない、怖い思いをさせて。だが、真相を完全に突き止めるにはこうする他、思いつかなかったんだ」

エリヴィラの顔から髪にかけてを、愛おしそうにデュオンが撫でる。

「わ、わたし！　兵を呼んできます！」

気を利かせてくれたのだろう。クロエが身を翻して去っていく。

「デュオン、ありがとう。怖かったけど、来てくれた時、嬉しかった」

感情が溢れてきて、胸がいっぱいで上手く言葉にできない。

「だったら、ここで俺の妻になる返事をくれるな？」

「………………」

デュオンの問いに、エリヴィラは黙ってしまった。

こんな時に言うなんて……ずるい。

「ダメ……です」

惹かれる気持ちを振り払い、そう告げる。

決心したのだから、デュオンと決別することを。

「なぜだ？　オルディー王国のことは解決しただろう？　お前の心残りはそのことだったのではないのか？」

エリヴィラは首を振る。

「私に貴方は相応しくないから……貴方に相応しい人はいるわ。あの三人の姫みたいに」

「花嫁勝負の三人のことを言っているのか？　どいつに聞いても、お前が相応しいと言うだろう。最初の勝負でみんな、お前のことを認めていただろう？」

そう言われてしまうと……反論できない。

あの日、三人は勝ちを譲ろうとしてくれていたわけだし。

「それなら帝国の人たちは？　いきなり貧乏国の王女が皇太子妃になったら不満がでると思うし……」

段々と自分が我が儘なだけに思えてくる。

「何を言ってる？　今や花嫁候補の一番人気はお前だぞ。市場でお前の人柄が理解されて、評判が自然と広がっていったんだろう」

帝国の人たちにも、そんな風に思われているなんて。

「お前が言う前に付け加えておくと、オルディー王国側も問題ない。ルイスの件で迷惑をかけたから大手を振って援助できる。俺たちが結婚すれば帝国との関係が強まるから、オルディーにとってはよいことしかない。王は喜ぶだろう。ああ、ちなみにもう手紙は送って、王に結婚の許可はもらってある」

「いつの間に!?」

そこまで先回りされてしまうと、もう何も言えなかった。

認めるしかない。

――二人の間に障害はなく、彼も私もお互いが好き。

「全てが片付いた。だから、あとはお前の気持ちだけだ」

「デュオン、私――んっ！」

覚悟を決めて返事をしようとした時、突然キスされた。

「返事は今でなくていい」

「えっ……？」

――どうして突然？　キスで塞いでまで。

真意がわからずに、キスをした距離のまま困惑した瞳でエリヴィラがデュオンを見る。

「明日の正午、城のバルコニーで花嫁選びは終わる。民衆にも伝えてある。俺の妻になってくれるなら、その時に今度はお前からキスしてくれ」

嬉しくて、彼が愛しくて、泣きそうになったエリヴィラは頷くので精一杯だった。

ここまで自分のことを尊重してくれている。考えてくれている。

「……ああ、だがさっきルイスから助けた貸しは別の話だ。きちんとお前に払ってもらわないとな～」

「な、なに？　突然？」

――どういう意味？

じっと見つめ合っていた彼の瞳が、急に悪戯な色を帯びる。

「決まってるだろ。今夜、抱かせろと言っている。お前が欲しい」

「…………」

直球な彼の言葉に顔を赤くして、エリヴィラはこくりと頷く。

クロエが連れてきた兵に気絶したルイスを引き渡す。夜を待って、エリヴィラはデュオンの部屋を訪ねた。

バタンと扉が勢いよく閉じる。

同時にデュオンがエリヴィラの細い身体を抱きしめた。

軋むぐらいに強い力だったけれど、それが今は気持ちよくて、嬉しい。

「デュオン……ありがとう」

「どのことだ?」

ちゅっと唇を軽く奪い、デュオンが聞き返す。

「全部です。助けてくれたこと。好きだと言い続けてくれたこと。それに……出会ってくれたことも。貴方には返しきれないぐらい感謝してます」

「だったら、俺のものになれ。この瞬間だけでも」

頷くと、デュオンの手がエリヴィラの服を掴む。

外套《マント》を乱暴に剝ぎ捨て、ドレスに手をかける。裏返しになっていたショールがエリヴィラの身体からはらりと床に落ちた。

表になり、宝石の輝きが美しいものに変わる。

――この人は裏返したぐらいでは、騙されないものね。

強引で、目ざとく先回りが得意で、誰よりも賢いデュオンの愛しい顔を見ながら、そんな風に思う。

「エリヴィラ……」

「ん、ん――んんっ……」

ベッドへ向かう暇も惜しむように、デュオンはキスをしながら、エリヴィラを脱がした。

彼女もそれを受け入れ、羞恥心を忘れ、為すがままに裸となった。

そして、今新しく生まれたかのように、真っ白なシーツの上に横たえる。

「綺麗だ、エリヴィラ……」

「やっ……見ないで……」

何もつけていないエリヴィラの裸体を、覆い被さったデュオンが見ていた。

「初めはお前の賢さに惹かれた。次にその笑顔に……」

「……今は？」

聞かなくてもわかっているのに尋ねてしまう。

彼の甘い言葉ならば、一晩中でも聞いていたかった。

「全部に決まってるだろう。お前の全てが好きだ」

「んぅ、ん――――」

――――私も好き。大好き、デュオン。

デュオンの手がエリヴィラの胸に伸び、乳房を官能的に揉む。大きくはないけれど、小さくもないその双丘の上で、彼の指はリズミカルに喜びに踊る。

「は……ん、ん……ぁあっ！」

完全に通じ合った心のせいで、そんな少しの刺激にもエリヴィラの身体は敏感に反応してしまった。

デュオンに触れられる度、その息がかかるだけで身体の疼きが止まらなくなっていく。

「柔らかな肌だ。ずっと触っていても飽きないだろう」

甘い言葉をずっと囁かれながら、身体を撫でられ続けるのだろうか。そんな風に思っているとデュオンはその手をゆっくり胸から腰へと動かしていく。

「んっ……あっ……ああっ……ん――――んぅ」

途中何度もキスされて、淫らな吐息が奪われる。

デュオンの指先は肌を滑っていくように触れて、エリヴィラの最も淫らで敏感な場所に……落ちた。

「ぁっ……だめっ……ぁあっ！」

「もっと淫らな声を聞かせろ。俺にもっとお前を聞かせてくれ、見せてくれ、感じさせてくれ……」

花芯に触れた指先は、そのまま優しく撫でながら秘裂を刺激していく。

段々と誘われるように強くなっていく快感に、エリヴィラは彼の言葉通り、甘い鳴き声を上げずにいられなかった。

「お前は俺が手にした中で、最高の一品だ。手にしたら二度と手放せない」

「……デュオン……私……ん、あ、ああっ！」

答えようとしたけれど、彼の指先の動きが激しくなって言葉を出せなかった。

膨らみ始めた花芯から秘裂にかけて、押しつけるようにしてデュオンの指先が踊る。敏感な場所を責め続けられ、エリヴィラの身体はびくりと跳ねた。

「足りない。お前を愛するのに、指先だけでは足りない」

荒く熱い息をつきながら、デュオンが言う。

彼の緋色の瞳が優しい色から、野性味を帯びた興奮したものに変わっていく。下肢を弄りながら、獣のように襲い掛かってきた。

「ぁっ……胸っ……んんっ！　ぁあ──────！」

デュオンの顔が近づいてきて、キスをしたままゆっくり胸まで移動した。興奮して少し咲き始めたその赤い蕾を口で含み、舌で刺激し始める。

──あ、ああ……すごい……淫らな感じ……ああっ！

乳首を嬲るように舌で上下に舐められ、エリヴィラは顎を上に向けて、嬌声を上げた。

二カ所を同時に、しかも敏感な場所を責められては、もう耐えるなんてできない。

「……エリヴィラ……っ！」

「い、あっ……あああっ！」

舐めるだけでは満足せず、彼の唇が胸の先端を摑む。

甘噛みされた。

強く、速い刺激が身体を駆け巡り、またエリヴィラを痙攣させる。

「あ、あ、ああ……あぁぁ……」

――今度は、下肢を……ああっ！

下肢と胸を同時に激しく責められる。

一方の刺激に耐えようと身体を硬くすると、もう一方の刺激を全て受け入れてしまい、やはり身体は躍る。

エリヴィラの身体はデュオンの愛撫で、あっという間にうっすらと赤く染まり、身体の芯が強く疼き始めてしまった。

「デュオン………」

彼の名前を呼びながら、その顔を見る。

その瞳に自分の姿が今、しっかりと映っていた。

見つめ合っただけで、何を考えているか、何をして欲しいかわかる。そして、今それは同じことだった。

――つながりたい。

「今日はお前が上だ。お前の裸をじっくり眺めたい」

「上って……」

女性が上になるような破廉恥《はれんち》な命令に戸惑ったけれど、今エリヴィラはデュオンにどんなことでもしてあげたくて、羞恥心をかなぐり捨てた。

身体を起こすと、彼が代わりにベッドへ仰向けになる。その上に真っ赤になったエリヴィラが跨がった。

デュオンの肉棒は、すでに脈打つほどに興奮し、天井を向いている。

「あ……ん――――んんっ……あ、あああっ！」

先端を手で支えると、肉棒の先端を自分から秘部に押し当て、ゆっくりとエリヴィラは腰を下ろし始めた。

肉が絡み合い、突き進むような強烈な感触が伝わり、徐々にデュオンの存在が自分の中で強くなっていく。

全部をいきなり受け入れるにはきつすぎて、彼の腰に両手をつくと身体を支えた。

「あぁ、俺の上に女神がいる」

彼に下から、自分の淫らな身体やその時の顔を見られていると思うと、捨てたはずの羞恥心が戻ってきてしまう。

「あんまり変なこと言わないで……」

「いいだろ？　お前は俺のものだ。誰にも渡さない」

頷くと、デュオンの手がエリヴィラの腰を掴んだ。

がっしりと力強いその腕は、彼女の身体を支えながらゆっくり上下に動かしていく。

「あっ、あっ、あっ……ああっ！　ん、ぅん！　あぁぁ……」

下から突き上げられるような感覚が身体を巡る。

激しく膣と肉棒が擦れ合い、快感と刺激が生まれた。

エリヴィラは、強く強くデュオンを感じ、自分の中にいる彼の肉棒を無意識に抱きしめていた。

「……っ！」

辛そうに、けれど興奮した顔のデュオンが小さく息を漏らす。

エリヴィラの身体を直接揺さぶるような動きはさらに速さを増し、振り子の幅も増す。

彼女の身体は、それこそデュオンの逞しい身体の上で踊るように揺れていた。

——あ、あ、ああ……何も考えられない……。

膣奥にまで激しく突き刺さる肉棒。

同時に連れてくる快感と、彼の存在。

それらに激しく揺さぶられ、デュオンに抱かれていること以外、エリヴィラは何も考えられなくなる。

そして、身体を支えていた腕も力を失う。

「あっ！　あっ！　あっ！　あああっ！」

——深い、深く……刺さってる……デュオンのが！

力の抜けたエリヴィラの身体をデュオンの肉棒は貫き、先端と膣奥がぶつかり、擦れる。

火花が散るかのような刺激が彼女の全身を襲った。

それは、淫靡な声を上げずにはいられないような快感と刺激が入り交じったもので、刺さる度に呻く。

軋むベッド、二人の荒い息遣いと、ぶつかり合う淫らな水音が部屋に溢れる。

辺りには強い性の匂いが溢れ、それが媚薬のようにエリヴィラをより興奮させ、羞恥心を麻痺させた。

「デュオン……あぁっ！」

「エリヴィラ！　あぁ……エリヴィラ！」

名前を呼びながら、デュオンが自らも腰を突き上げてくる。

エリヴィラも求められるように、彼の手で揺さぶられるだけでなく、腰を動かした。

二人ともタガがはずれたように腰を擦り合わせ、つながったまま興奮に躍らされる。理性などといったものはそこになく、ただ純粋な愛し合う行為だけだった。

「……っ！」

耐えるようにデュオンが歯を食いしばる。

「デュオン、あぁ――――！」

限界を越え、終えようとするのを自らの中で感じ、エリヴィラも同じように達し、上を向きながら喘いだ。

艶めかしい裸体がビクビクと震えながら伸び、すぐに脱力する。

つながったまま、エリヴィラはデュオンの胸に崩れ落ちた。

その細い身体を彼の逞しい腕ががっしりと摑み、もう放さないと言うかのようにぎゅっと抱きしめる。

――明日の正午、今度こそデュオンに気持ちを……。

どこよりも幸せな彼の腕の中で、エリヴィラは心を決めた。

【第七章】後押しは民衆全員！慕われカップルのお披露目キス！

その日、エリヴィラの姿はフリッカの宿屋にあった。

「決めたのかしら？」

決意を感じ取ったのだろうか。今朝のエリヴィラを見て、そうフリッカが尋ねてくる。

「はい。もう迷いません。もっと私は単純に考えればよかった。皇太子妃とか、王女とかではなく、女として彼を愛しているって気持ちに素直になればよかった」

デュオンに抱かれた夜、エリヴィラは彼にしっかりと送り届けられ、フリッカの宿屋に戻った。

最後は一人になって考えて自分の意志で、という彼なりの気遣い。

突然戻ることになったけれど、フリッカはこれを予期していたのか、エリヴィラの部屋を片付けておらず、快く迎え入れてくれた。

そして、次の日の朝、エリヴィラは城に向けて発とうとしている。

「そうなの……」

エリヴィラの決意を聞いたフリッカの表情が陰《かげ》る。

てっきり喜んでくれると思ったので、気持ちが落ち込む。

「ああ、ごめんなさい。花嫁になることが悪いのではないの、勘違いしないで」

謝るフリッカに、エリヴィラは首を傾げる。

「実は少し困った噂を聞いて……オルディー王国の王子様と王妃様が今、ここに向かっているって」

「えっ⁉　お兄様とお母様が？」

二人とも帝国が嫌いだったので、驚きだった。

「何をしに来たのでしょう？」

「予想でしかないけれど、決意したあなたには、酷なことかもね」

フリッカは明言を避けたけれど、エリヴィラを連れ戻しに来たのだとわかった。

帝国で始まった花嫁勝負に加わっていることを聞きつけ、すぐにオルディー王国を出たのだろう。

「でも、城下には入れないので……大丈夫です」

説得はデュオンを選んだ後でゆっくりすればいい。

「そうとも言えないのよ。今日からちょうど賓客に限って入国のみ許されるようになったらしいの」

「ええっ⁉」

デュオンに聞いた通り、今日が花嫁選びの最終日となることはすでにみんなに広まっていた。二人の気持ちは固まっていたから、もう封鎖を緩くしているのだろう。

――もし、お母様とお兄様が結婚を止めろと言ってきたら。

自分の胸に聞いてみる。

しかし、ここまで紆余曲折《うよきよくせつ》あったエリヴィラの心は動じることはなかった。母と兄の意に逆らっても、彼女はデュオンと結婚するつもりだ。

――説得してみせる。帝国は悪い国ではないって。

でも、それはできれば今日のバルコニーでの儀式が終わった後にしたかった。

デュオンが城で自分のことを待っていると思うと、一時《ひととき》でも待たせたくない。早く彼の顔を見て、安心させて、安心したかった。

「だったら、早めに行きます。何かあったら困りますので」

「ええ、いってらっしゃい。わたくしも見に行きますから。あ、ちょっと待って」

宿屋を出ようとするエリヴィラに近づき、エプロンから出した櫛でさっと身だしなみを整えてくれる。

「今日の主役になるのですから、綺麗にしないとね……これでよし」

微笑みながら、エリヴィラをぐるりと回すと頷く。そして、抱きしめられた。

「頑張りましたね、王女。お幸せに」

「ちょっと、フリッカさん。もう会えないわけじゃないんだから」

照れたけれど、彼女が本物の姉のようで、とても嬉しかった。

「あら、皇太子妃がたまに来る宿屋ってことで、大繁盛してしまうわね」

「たまにじゃありません。デュオンと喧嘩したら来ます……ふふっ」

フリッカと笑い合う。そして、身体を離した。

「行ってきます」

わざと元気よく言うと、宿屋を出た。

「ありがとう、フリッカさん」

もう一度宿屋を振り返って、感謝の言葉を口にする。

そして城へ向かおうとしたところで、腕を掴まれた。

「帝国で何をしているんだ、妹よ」

びっくりして見ると、すぐ隣に男が立っていた。

「こんな野蛮な国、すぐに出るわよ。襲われてしまうわ」

白い顔をフードで必死に隠す女が神経質そうな高い声を上げる。

「お兄様、お母様……！」

二人はエリヴィラの兄王子と、母の王妃だった。

「母上の言う通りだ。行くぞ」

何も聞かずに、兄がエリヴィラを引っ張っていこうとする。

「待ってください。私の話を聞いてください。帝国はお二人から聞いていたのとは違います。野蛮でも卑劣な人たちでもありませんでした。みなさん、いい人ばかりで――」

「まさか、本当にこの国の皇太子と結婚するつもりではないでしょうね？」

母が眉間に皺を寄せてエリヴィラの言葉を遮る。

「………はい」

今ここで伝えるか迷ったけれど、嘘をつくのはよくないと思い、頷く。

けれど、それを聞いた二人は悪鬼の如《ごと》く怒り始めた。

「皇太子か、お前をたぶらかしたのは？」

「この国の者と、しかも皇族と結婚しようなどと……ありえないわ。何を考えているの、あなたは！」

頭ごなしに兄と母は帝国を悪と決めつけていた。

ここで小麦の件の真相を話したところで、二人の印象が変わるとも思えない。

しかも、時間は刻一刻と進んでいる。

――今は、デュオンのところへ行かないと。

「なんの騒ぎです……!?」

困っていると、騒動を聞いて宿屋からフリッカが出てきた。

「エリヴィラ様、行ってください！」

一瞬で事情を把握したのだろう。

手に持っていた塩をまく。

「な、なにをする、女！　ぺっ、ぺっ……」

兄は驚いて、服にかかった塩を振り払う。

そのおかげでエリヴィラの手を離してくれた。

「お兄様、お母様、今はごめんなさい。必ず、時間をかけて説明しますから」

助けてくれたフリッカと一瞬目を合わせ、感謝を伝えるとエリヴィラは駆け出す。

「待ちなさい、エリヴィラ！　戻ってきなさい！　あなたは騙されているのですよ」

「おまえたち、妹を捕まえろ！」

後ろを向くと、兄の部下らしき者たちがエリヴィラを追ってくるのが見えた。

――逃げないと。

力の限り、地面を蹴って走る。

追手が思ったよりもついてこなくて振り返ると、大市での青果の店主が配達を終えた荷車を道の真ん中に倒してくれていた。

――ありがとう！　これなら……！

城下を今やよく知るエリヴィラに地の利はある。

荷車を追手が飛び越えてくるのが見えて、慌ててエリヴィラは走り出した。

他の令嬢よりはずっと体力があるほうだけれど、向こうは屈強な男子、走り続けるも、すぐに追いつかれてしまった。

――いや！　やっと決めたのに、デュオンと生きていくって。なのに、引き離されるなんて絶対に嫌！

「姫様、追いかけっこはここまでですよ」

男の手が伸びてきて、目を瞑る。

しかし、無理矢理手を引かれることはなく、代わりにバチーンという金属質な音が聞こえてくる。

恐る恐る目を開けると、フライパンを手にしたクロエが震えていた。

「ど、どうしましょう。エリヴィラさまに悪いことをしようとしてたので、つい手にもっていたこれでえいって！　したんですが……し、死んじゃったりしてないですよね？」

見ると、兄の部下は頭に大きなたんこぶをつくって顔から地面に倒れていた。

「記憶ぐらいは飛んでいるかもしれないけれど、たぶん大丈夫だと思う。クロエ様、それよりどうしてフライパンなんか？」

よく似合っているけど……。

「エリヴィラさまに色々教えてもらった後、何だか料理にはまっちゃいまして。自分用フライパンを買ったところだったんです」

照れたようにクロエが答える。心なしか、雰囲気が明るくなった気がした。彼女の変化が自分のことのように嬉しくなる。

「ふふっ、今度私にも食べさせて欲しいな」

「ほんとですか!?　もちろん、喜んで！」

約束をしたところで、「いたぞー！」という声が聞こえてきた。

兄の部下は一人ではなかったみたいだ。

「ありがとう、クロエ様。それじゃあ！」

「あ、はい。エリヴィラさま、式典見に行きますねー！」

迷惑をかけないようにクロエの側から離れる。

その後ろからすごい勢いで兄の部下たちが追いかけてきた。

——早く城まで逃げ込まないと！

「……あっ！」

後ろを見ながら歩いていたので、エリヴィラは角に立っていた人にぶつかってしまい、思いきり尻餅《しりもち》をついた。

「いたたた。誰なのよ、まったく……」

「貴女が辺りに気を配っていないからではないの？　大丈夫かしら？」

聞き覚えのある声だと思い、顔を上げると、ジュゼアーナとイーネス。

「あっ、エリヴィラ様……お目にかかりたかったです」

立ち上がるのに手を貸してくれたイーネスもエリヴィラに気づき、変わらない凜々しい笑みを見せてくれる。

「私のほうこそ……あ、でも！」

後ろを見ると、すぐそこまで追手が迫ってきている。

「エリヴィラさま、追われているの？　こっちへ早く」

ジュゼアーナがいち早くそのことに気づくと、側に止まっていた馬車の中にエリヴィラを誘う。

「そこの、お嬢さん。こっちへ姫……ではなく女は来なかったか？」

間一髪隠れたところを、追手がやってきて立っていたイーネスたちに尋ねた。

「そのような者は……見て――」

「見たわよ。そこを曲がっていったけど？」

見ていない、と言いそうになったイーネスの口を塞ぎ、ジュゼアーナが答える。

兄の部下は頭を下げると、言われた方向に走っていってしまった。

「……ありがとうございます、お二人とも」

いなくなったのを確認すると、エリヴィラは馬車の扉を開けて礼を言う。

「いいのよ。エリヴィラさまには世話になったわ、ねぇ？」

「ええ。エリヴィラ様に出会えたおかげで……とてもよい滞在になりましたわ」

ライバルだったはずなのに、二人とも仲がよさそうだ。

その視線に気づいたのか、恥ずかしそうにジュゼアーナがしゃべる。

「絶対に合わないって思ってたけど、花嫁勝負で意気投合したのよ」

「わたくしたち、正反対の性格ですけれど、それが妙に馬が合うのです。お互い違うものを持っているからためになるというか……面白いといいますか」

イーネスもジュゼアーナを見て、少し照れながら話す。

「よかったです。お二人が仲よくなってくださって」

「それもこれも……エリヴィラ様が市場の勝負で色々と教えてくださったからです」

イーネスが頭を下げる。慌てて、エリヴィラはそれを止めた。

「やめてください。私は何もしてませんよ」

「そう思っているのは、あなただけでしょうね……それより、急がなくていいのかしら？花嫁の披露はもうすぐではないの？」

ついつい、二人と話し込みそうになったところをジュゼアーナの言葉で思い出す。

「急いでいるならば、この馬車を使ってください」

「いいんです。もう城まで近いですし。本当に大丈夫です」

やはり彼女たちを巻き込めなくて、申し出を断る。

「そこまでおっしゃるのでしたら……では、城の広場でそのお姿が見られるのを待っておりますわ」

イーネスとジュゼアーナに見送られ、エリヴィラは再び一人で城を目指し始めた。

もう城までそう距離はないので、追手に捕まる心配もないだろう。

でも、その考えは甘かった。

「いたぞー！　姫様だ！」

「こっちだ。こっちから行くぞ」

二方向から同時にエリヴィラを追う声が聞こえる。

逃げていくと逆に城から離れ、狭い路地へと入っていってしまう。声も二方向からだったのが、三方向から聞こえるようになり、段々と距離も近づいてくる。

「見えたぞー！　追い込めー」

――――どうしよう。あそこの先に追手がいたら……。

声が聞こえてこない残る路地は一つだけで。祈りながらそちらに向かっていく。

「姫さま！」

逃げ込む路地から、そう呼んだ声が聞こえてエリヴィラは息を呑んだ。

――――捕まる！

でも、出てきたのはまだ小さな子供たちだった。

「お姫さま、こっち、こっち！　追われてて、城に行かなきゃいけないんでしょ？」

「どうして、私のことを知って……」

案内されたさらに狭い道を進みながら、尋ねる。

「知ってるよ。おおいち、みてたよー！　僕たちのお姫さまになる人でしょ？」

「ちがうよ。こーひさまになるの。あ、ちがった。まだこーたいしひさま？」

首を傾げながら言う子供たちは可愛かった。

「あそこの階段を上っていくと、お城の裏門に出るよ」

子供たちが立ち止まると、その一人が指差す。

「ありがとう。でも……」

追手が子供たちに危害を加えないとも限らない。

行くべきか迷っていると、今度は上から声が聞こえてくる。

見上げると、窓から顔を出したのは見知らぬ女の人たちだ。それも沢山。

「心配要らないよ、エリヴィラ様。子供は、あたしたちが守るし、悪い奴らも通さない」

「そうさ。ここから植木鉢をぶん投げてやるよ」

「未来の皇妃さまを守ったってこと、旦那に自慢できるね！」

家事で鍛えられた力こぶを見せている人までいる。

この路地裏に住む主婦みたいだ。

「ありがとうございます、みなさん！」

助けてくれた子供たち、女性たちに頭を下げて礼を言うと、エリヴィラは階段を上り始めた。


多くの助けがあって、エリヴィラは城の裏門についた。

けれど、その前には心臓が止まるほど驚く人が立っていて――――。

「っ！　お、お父様!?」

「おぉ、娘よ。しばらくだな」

母と兄が来ているのなら、一緒に父が来ていてもおかしくはない。

そして、自分を止めるつもりなのだろう。

――――それでも……お父様でも……。

「ごめんなさい、お父様。お父様の命令でも、私は従えません。デュオン皇太子と結婚させてください！　お願い！」

「……?」

渾身のお願いをしたエリヴィラを、不思議そうな表情でオルディー王が見る。

「何を言っているんだ?　わたしは招待されたのだよ、娘が花嫁になると皇太子が早馬で知らせてくれた。おまえたちの結婚を喜びはしても、反対していない」

……そういえば、父にはすでに承諾をもらったとデュオンが言っていた。

さらにいえば、帝国のことを見てこい、と送り出してくれたのは父だ。

逃げることに精一杯で、つい忘れてしまっていた。

「エリヴィラがなかなか到着しないから、心配で外まで見に来たのだよ。すると、ちょうどおまえが来るじゃないか。びっくりしたよ」

「あ!　時間!?」

急いで空を見上げると、もう太陽は昇りきろうとしている。

「お父様……」

「ああ、わたしのことはいい。早く彼のもとに行きなさい。エリヴィラに逃げられないか、ハラハラしてるだろう」

――自信たっぷりなあの人がそんな風になっているかしら?

城門を通り、バルコニーのある最上階を目指して階段を上っていく。

〝鷹の間〟の扉を開けた時、落ち着かない様子のデュオンが飛び込んできた。

「エリヴィラ！　ずいぶんと遅いな。俺を焦らすのが手か？」

「ごめんなさい。色々とあって……」

――デュオンの心中は、お父様のほうがよく知っていたみたい。

彼であっても、この日は緊張していたことを知って、何だか嬉しくなる。

「さあ、バルコニーに出るぞ」

「はい！　デュオン」

彼と手をつなぎ、バルコニーへ足を進める。

よく晴れた青空の下。

眼下には、城の前庭から入り口付近までびっしりと民衆が押し寄せていた。

二人が出てくると、歓声が上がる。

「わっ……すご……」

人の多さに圧倒され、バルコニーの上でエリヴィラは立ち尽くした。

「デュオンって……本当に、人気があるのね」

感嘆のため息も本当、でも気後れも少し……。

「半分はお前の人気だろう？　大市の連中は特に期待しているぞ」

デュオンがつないでいた手を放し、向き合う形の姿勢を取る。

「……あっ、ええと……」

この体勢って、キス……。

歓声に紛れて口づけしてしまおうと思ったのに、民衆が静まっていく。そのことがエリヴィラの緊張をより強くさせた。

ぎゅっと目を瞑って任せたらいいの？　それとも、同じタイミングで唇を合わせるの？

――キスってどうやってするんだっけ……。

おろおろとするエリヴィラを見て、デュオンがニヤリと笑う。

「キスのやり方を忘れたのか？　俺も緊張して忘れかかっている。遅れたわびに、お前からキスしろ」

「……わ、私から……みんなの前で？」

急に何百人という人の前でキスをすることに気づき、恥ずかしくなってくる。

「いまさら、何を躊躇している？」

「大勢見ている前で、女のほうからキスするなんて……」

――皇太子妃として相応しいのかしら？

と躊躇してしまう。

「いい加減、覚悟を決めろ。お前は今から俺の花嫁になる。そして、俺もお前のものだ。だから、さっさとキスしろ」

「は、はい！」

気後れは、いつの間にか吹き飛んでいた。

最後までデュオンに背中を押され、えいっと顔を近づける。

――――キスっ！

勢いをつけたキスは、彼の熱い唇に簡単に受け止められ、そのまま唇が合わさっていく。

「んっ……」

愛しい……温もり。

「……やっと手に入れた」

唇をずらして、微かな呼吸をしながらデュオンが零す。

瞬間、城を揺らすかのような大歓声が聞こえ、祝砲が空を震わせた。

【エピローグ】降り注ぐのは花と微笑み

その日、グレガスタン帝国は、街中に花が溢れていた。

通行税を撤廃する記念日とともに、グレガスタン帝国皇太子のデュオンと、オルディー国の王女エリヴィラの結婚式であり、国中が熱気に包まれている。

大切な記念日であるその日は、帝国中から商人によって花が集められ、街の住人に配られる。誰もが花を手にしていた。

彼らは、揃って上を見上げて待ち構えている。

見守るような厳《おごそ》かな気持ちと。

好奇心、期待、そわそわした喜び。

まだかという、微かな焦れと、憧れ。

だから、二つの白い衣装を見つけた時、広場に大きな歓声が沸く。

エリヴィラの身に着けた純白の婚礼衣装は、絹糸のフリンジの飾りに、柔らかなレースが幾重にもついていた。

デュオンも銀糸と金糸が交互に入った盛装をしている。

二人は朝から、城で賓客に囲まれて婚礼の儀式を行ったばかりだ。

披露が終わり、正午になる前に、大急ぎで花と色とりどりの布で装飾された城壁へと上がったのは、ぴったりの時刻。

二人はお披露目もそこそこにして、新郎は手袋を取り、新婦はベールを持ち上げ、いそいそと準備を始める。

広場にあったら銅鑼《ドラ》が今日だけは城壁の上、赤い絨毯の上に、リボンで飾られ設置されていた。

太陽が真上に昇ったグレガスタンの正午。

「始めるぞぉ――――！」

皇太子であるデュオンが、高らかに宣言し、力いっぱい銅鑼《ドラ》を鳴らした。

大市の開始の合図、巻き起こった熱気で国が揺れる。

「いらっしゃいませ、商人さん！　お客さん！　よき日へ、ようこそ――――」

巨大な花籠を持ったエリヴィラが、城壁の上からそれを逆さまに開けて一気に降らせる。

大市に色鮮やかな花が舞い、常連の商人が手を叩き、初めて訪れた旅人が目を丸くした。

花は風に乗って客の買い物籠に乗り、城下の窓辺へも着く。

幸福を知らせる使者のように、そっと……舞い降りる。

花々は、装いを新たにした露店の屋根布へも降り掛かり、ころころと転がっていく。

大市には、クロエ、イーネス、ジュゼアーナも店を出していた。

身分や顔を隠していないこともあり、それぞれの店は大盛況であり、ぜひ顔を拝みたいと、貴族や王子がお忍びで訪れているという噂もある。

色々な匂いが入り交じった大市の空気は、ざわめきとセットで活気に溢れている。

売り物で増えたのは、ぴかぴかに磨かれ、山と積まれたリンゴだ。

オルディー国の小麦の問題はデュオンの指揮もあってすぐに解消し、今では友好国としての地位を取り戻している。活気を取り戻す日も近いだろう。王妃と王子も、辛抱強い説得の末、今は二人のことを許していた。

商人の行き来も多くなり、リンゴを練り込んだ白パンが流行りそうだ。フリッカがさっそく宿屋で売り始めたみたいだ。

市場の片隅に立つ、通行税の撤廃に最後まで反対していた大臣たちも、広場の活気と街の人入りの多さに、新しい宿屋と商館を建てる算段を始めている。

宮内大臣も彼らの輪に加わっていた。彼はデュオンの恩赦《おんしや》によって罰金だけで済み、帝国及び皇帝に忠誠を誓っている。働きで挽回すると意気込みを見せていた。

弟皇子ルイスも、デュオンの温情によって二年間だけ帝国からの追放、軽い流刑《るけい》となり——先日、キャラバンに同行し、見聞を広げる旅へと出て行った。

自分の皇帝の座を脅《おびや》かすぐらい成長して帰ってきて欲しいと、デュオンは別れの際に告げたという。

「沢山売って、買って、幸せに潤ってくださいー」

籠を下ろしたエリヴィラが笑い、手を振る。

彼女の横にデュオンもすぐに並び、肩を抱いた。

歓声の代わりに、返事の笑い声と共に、手に持った花を広場の人々が投げる。

それらがまた大市を華やかに彩っていく。

やがて、二人は優雅に一礼をして、そっと……城壁から姿を消した。

てっきり下りてきて大市に参加すると思い込んでいた商人が首を傾げ、別の商人が豪快に笑う。

「花嫁様、お綺麗だったから独り占めしたくなったんだよ」

その一言で、大市は新たな活気に包まれた。

※　※　※

エリヴィラとデュオンは、休息用の宿屋の特別室にいた。

婚礼衣装のまま大市へ下りたら、さぞ盛り上がっただろうと考えていることがお互いにわかるのに、どちらからともなく、帰ってきてしまったのだ。

大市から少し離れた宿屋は、扉を閉めると、完全な静寂が訪れ……エリヴィラは急に恥ずかしくなって俯いた。

「市場へ行かなくていいの……？」

デュオンから、同じ問いかけをされたら、上手く答える自信がないと思いながらも、つい尋ねてしまう。

「お前こそ、逃げなくていいのか？」

彼が逃がす気などないといった様子で手を広げて威嚇《いかく》してくる。

「も、もう、絶対に逃げません……！」

からかわれて、エリヴィラは頬を染めた。

花嫁になったのに、何から逃げろと言うのだろうか。

「………逃げない私はつまらない？」

口を尖らせて抗議してみる。

「はっ、まさか！　宝物は、逃げないほうがいいに決まっている」

デュオンがそのまま、ガルルッと狼のような声を上げて抱きしめてきた。

「今度こそ、いつまでも俺の腕の中にいろ」

「んっ……苦しっ……デュオン……」

強すぎる抱擁に声を上げたけれど、身体を締めつけられるその逞しさが、その温もりが、今は何よりもエリヴィラにとって嬉しかった。

「もう離さないから覚悟しておけ」

「貴方の妻になったのだから……もう離れないわ。安心して」

今度はエリヴィラのほうからデュオンを抱きしめた。

胸も一緒に切なく締めつけられる。

「そうわかっていても抱きしめた手を放したくないんだ、エリヴィラ。妻になっただけで安心するほど俺は大きな男じゃない」

「小心者だったの？　そうは思えないけど……」

自信満々に追い掛け回してくるのに……。

「お前のことだけ、俺は世界一臆病者だ」

「ん、ん――」

少し嫉妬の入った、噛みつくようなキスをデュオンがしてくる。

彼が愛おしかった――――。

自分を愛してくれているのがわかる。そして、自分も彼を深く愛している。

好きな人ができて、しかもそれが帝国の皇太子だなんて、考えてもみなかった。帝国へはスパイのような目的できたのに、結局は嫁入りしているなんて。

「なにが可笑しい？　お前に必死な俺の様子がそんなに滑稽《こっけい》か？　俺の妻よ」

「違うの。帝国についた時のことを考えていて。それに貴方に出会った時のこと」

「思い出す必要なんてないだろ。俺が目の前にいるのに」

過去の自分にも嫉妬してくれているのだろうか。嬉しいけれど、唇をわずかに離しただけのデュオンがむっとした顔をする。

「ふと思っただけで――――きゃっ！」

急に彼が視界から消えたと思ったら、身体が宙に浮いていた。

デュオンが足と背中に腕を回して、抱き上げられる。

「俺のこと以外、考えられなくしてやる。今日はそういう日だ」

そんなこと誰が決めたの、と反論したくなったけれど、止めた。

デュオンの言葉がきっと正しい。

今日も、明日も、これからずっと――――デュオンを一番に愛していく。愛したい。

抱きかかえたエリヴィラの足先を揺らしながら、大股で彼がベッドに向かう。その周りには、国中から贈られた祝いの花が溢れていた。

シーツの上にエリヴィラを置いて、覆い被さってくる。

「エリヴィラ、綺麗だ」

「ん……んぅ……くすぐったい……」

唇へキスしてきたかと思うと、首筋に移っていく。

彼の口づけは、とても熱くて、それこそ情熱的で、ゾクゾクと背中が震えた。

「ダメ……ドレスが……皺に……せっかくの……ものなのに……ん、あっ……」

「もうこいつの役目は終わった。だからあとは俺に脱がされるだけだ」

言葉通り、デュオンが婚礼のドレスを器用にはだけていく。

胸の部分が下ろされ、薄く朱色に染まったエリヴィラの白い肌が露わになる。

「美しい肌は、俺だけにいつも見せてくれ」

ドレスの中から取り出したエリヴィラの肌をデュオンが愛おしく撫でる。

「い、いつもは無理……貴方の前では、裸でいないといけなくなるわ」

「俺はそれで構わないがな……ちゅっ……」

「ああっ……ん、あっ！」

隙をつくみたいに、手で揉むでもなく、いきなり乳房に口づけされた。

軽く甘噛みされ、強くて速い刺激が身体を巡る。

エリヴィラはベッドの上で、背中を弓なりに反らし、淫らに震えた。

同時に、太股へ熱いものが触れる。

「エリヴィラ……好きだ。お前が俺の運命の女だ……」

「私も……デュオンが運命の人……ん、あっ……」

彼は絶えずどこかにキスしてきて、淫らな声が出てしまうのを我慢できなかった。

少し荒れた唇で乳首を愛撫し、つまみ上げ、今度は乳房全体に甘く歯をたてる。

「ひゃっ……あ、ああっ……」

その最中も太股に当てられた熱いものが徐々に上ってくる。

何度もデュオンに抱かれたエリヴィラにはそれがなんなのかわかっていて、身体が反応してしまう。

求めるように愛液が膣襞を濡らし始めた。

「あ、あぁぁ……熱い……ん、んぅ……！」

ドレスの袖をまくり上げ、デュオンの灼熱が押し入ってくる。

それは彼の生命力を表すみたいにとても熱くて、逞しくて、愛おしかった。

押し当てられただけで、エリヴィラの身体がびくっと淫らに震える。

「あ、ん、んぅ……あぁぁ……デュオン——！」

膣襞を押し広げ、デュオンの肉棒が膣内へと深く入ってくる。

そして、求めるようにねっとりと絡み合った。

抱き合う二人のままのように、密着して、離さない。

でも、そのままでいることはなく――――デュオンが快感のままに動いた。

「あっ……あっ……ああっ！　あぁああ！」

押しては返す波のように、彼の肉棒が何度も入ってくる。

そして、エリヴィラの一番奥の敏感な場所を突いた。

誘うように、求めるように、応えるように。

それは二人が、ここで確かに愛し合っている証拠で――――。

命を燃やしていた。

「あ、あ、あぁあ……デュオン……！」

彼の宝石のような鋭い緋色の瞳が、夕焼けのような美しい金色の髪が、愛おしくて、その頬に手を伸ばす。

「エリヴィラ……誓う。お前を愛す。何よりも」

「私も……よ……デュオン！　ん――――」

唇を合わせ、腰を合わせる。

官能的な動きで、身体を重ね合う二人の呼吸がやがて、乱雑になる。

そして、一段強くなって、身体を震わせて達した。

「……っ！」

「あ、あぁぁ……ああああ――――！」

その広い胸へ顔を埋め、しっかりと背中に手を回す。

全身で彼の香りと温もりを味わいながら、エリヴィラは歓喜に咽《むせ》ぶ呼吸をした。

あとがき

こんにちは、柚原《ゆずはら》テイルです。『皇子様《おうじさま》の花嫁狩《はなよめが》り』をお手にとっていただき、ありがとうございます！

今作は、糖分たっぷりめに、甘くイチャラブな元気カップルを〝狩り〟と絡めて書きました。ハンティング！　ですが、矢が飛んできたりしないですし、痛くないので大丈夫です。ご安心ください。

追い回される王女と、策士で俺様な皇子を、楽しんでいただけますと嬉しいです。お気に入りのシーンは〝狩りのルール〟を振りかざして、デュオンが森の中を突き進むシーンです。二人のやりとりをニヤニヤしながら書きました。

甘くて可愛いイラストを描いて下さった、もぎたて林檎《りんご》様、ありがとうございます！丁寧なご指示を下さる担当編集者様、いつも感謝しております。

また、この本に関わってくださった出版社様、流通様、書店様、校正様、デザイナー様に、深くお礼を申し上げます。

そして、読者様へありったけのお礼を！　ありがとうございました。

柚原テイル

皇子様《おうじさま》の花嫁《はなよめ》狩《が》り

ティアラ文庫をお買いあげいただき、ありがとうございます。
この作品を読んでのご意見·ご感想をお待ちしております。

✦ ファンレターの宛先 ✦
〒102-0072　東京都千代田区飯田橋3-3-1
プランタン出版　ティアラ文庫編集部気付
柚原テイル先生係／もぎたて林檎先生係

ティアラ文庫&オパール文庫Webサイト『L'ecrin《レクラン》』
http://www.l-ecrin.jp/

著者――柚原テイル（ゆずはら　ている）
挿絵――もぎたて林檎（もぎたてりんご）
発行――プランタン出版
発売――フランス書院
〒102-0072　東京都千代田区飯田橋3-3-1
電話(営業)03-5226-5744
(編集)03-5226-5742
印刷――誠宏印刷
製本――若林製本工場

ISBN978-4-8296-6732-3 C0193

ティアラ文庫

Tia6710

♥ 好評発売中! ♥

原稿大募集

ティアラ文庫では、乙女のためのエンターテイメント小説を募集しております。
優秀な作品は当社より文庫として刊行いたします。
また、将来性のある方には編集者が担当につき、デビューまでご指導します。

募集作品

H描写のある乙女向けのオリジナル小説(二次創作は不可)。
商業誌未発表であれば同人誌・インターネット等で発表済みの作品でも結構です。

応募資格

年齢・性別は問いません。アマチュアの方はもちろん、
他誌掲載経験者やシナリオ経験者などプロも歓迎。
(応募の秘密は厳守いたします)

応募規定

☆枚数は400字詰め原稿用紙換算200枚〜400枚
☆タイトル・氏名(ペンネーム)・郵便番号・住所・年齢・職業・電話番号・
　メールアドレスを明記した別紙を添付してください。
　また他の商業メディアで小説・シナリオ等の経験がある方は、
　手がけた作品を明記してください。
☆400〜800字程度のあらすじを書いた別紙を添付してください。
☆必ず印刷したものをお送りください。
　CD-Rなどデータのみの投稿はお断りいたします。

注意事項

☆原稿は返却いたしません。あらかじめご了承ください。
☆応募方法は郵送に限ります。
☆採用された方のみ担当者よりご連絡いたします。

原稿送り先

〒102-0072　東京都千代田区飯田橋3-3-1
プランタン出版「ティアラ文庫・作品募集」係

お問い合わせ先

03-5226-5742　　プランタン出版編集部